中國語言文字研究輯刊

二二編

許學仁 主編

第14冊

秦簡書體文字研究（第三冊）

葉書珊 著

花木蘭文化事業有限公司

國家圖書館出版品預行編目資料

秦簡書體文字研究（第三冊）／葉書珊 著 -- 初版 -- 新北市：
花木蘭文化事業有限公司，2022〔民 111〕
目 4+190 面；21×29.7 公分
（中國語言文字研究輯刊 二二編；第 14 冊）
ISBN 978-986-518-840-5（精裝）
1.CST：簡牘文字 2.CST：書體 3.CST：研究考訂
802.08 110022448

ISBN-978-986-518-840-5
9789865188405

中國語言文字研究輯刊
二二編 第十四冊 ISBN：978-986-518-840-5

秦簡書體文字研究（第三冊）

作　　者　葉書珊
主　　編　許學仁
總 編 輯　杜潔祥
副總編輯　楊嘉樂
編輯主任　許郁翎
編　　輯　張雅淋、潘玟靜、劉子瑄　美術編輯　陳逸婷
出　　版　花木蘭文化事業有限公司
發 行 人　高小娟
聯絡地址　235 新北市中和區中安街七二號十三樓
　　　　　電話：02-2923-1455／傳真：02-2923-1452
網　　址　http://www.huamulan.tw 信箱 service@huamulans.com
印　　刷　普羅文化出版廣告事業
初　　版　2022 年 3 月
定　　價　二二編 28 冊（精裝）　台幣 92,000 元　

秦簡書體文字研究
（第三冊）

葉書珊 著

目次

表格目次

圖版目次

八　畫

八畫	字例									頁碼
祀	 睡・日甲 6	 睡・日甲 10	 睡・日乙 155							3
社	 放・日乙 2778	 放・日乙 350								8
	 睡・日乙 164									
叁	 嶽四·律壹 122									9
毐	 嶽一・為吏 5									22
	 睡・秦種 6	 睡・封 91								
	 放・日乙 144									
	 龍・28									
芹	 里 8.1664									24

芮	 嶽一·占夢19	 嶽三·芮82	 嶽三·芮84	 嶽三·芮85						40
芳	 里9.1305									42
芥	 睡·秦種126									45
尚	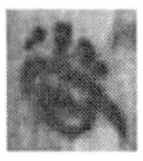 里8.136	 里8.193背	 里9.1579							49
	 嶽三·猩56	 嶽五·律貳93								
	 睡·秦種165	 睡·效24	 睡·秦雜35	 睡·89						
	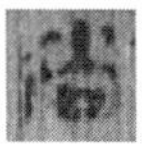 放·日乙260	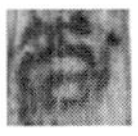 放·日乙348								
	 龍(木)·13									
物	 里6.36	 里8.103	 里8.2088							53

	 嶽二·數 156	 嶽二·數 205	 嶽三·同 148	 嶽四·律壹 78	 嶽五·律貳 39	 嶽五·律貳 221				
	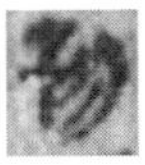 睡·秦種 2	 睡·秦種 110	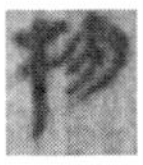 睡·秦種 174	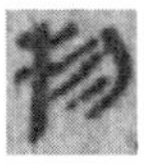 睡·效 44						
	 放·日乙 288									
	 龍·26									
	 周·188	 周·190								
味	 放·日乙 303B+289B	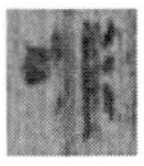 放·日乙 375								56
	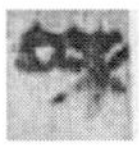 睡·日甲 134 背									
和	 里 8.61	 里 8.1221								57
	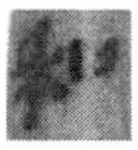 嶽三·得 175									
	 睡·法 94	 為 4	 為 13							

	 放・日乙332									
	 周・377									
命	 里8.461	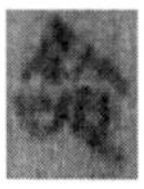 里8.537	 里8.1235							57
	 嶽二・數18	 嶽二・數130	 嶽四・律壹47							
	 睡・秦種183	 睡・秦雜4	 睡・為11	 睡・為28						
	 青・16									
	 放・志2	 放・志3								
	 周・251									
周	 里8.537	 里8.1516	 里8.2153	 里8.2247						59
	 嶽一・占夢28	 嶽二・數23	 嶽二・數65	 嶽二・數213						

	 睡·封65	 睡·日甲146背								
	 放·日乙16									
	 周·133	 周·262B								
近	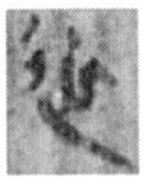 里8.193	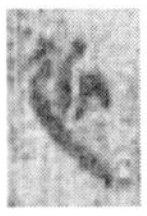 里9.1204								74
	 嶽一·為吏79	 嶽四·律壹266	 嶽五·律貳13	 嶽五·律貳156	 嶽五·律貳323					
	 睡·秦種2	 睡·秦種70								
往	 里8.167	 里8.528	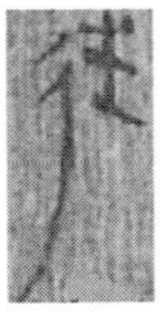 里8.758	 里8.1131	 里9.3324					76
	 嶽一·為吏80	 嶽三·芮82	 嶽四·律壹186	 嶽五·律貳321						
	 睡·法4	 睡·法12	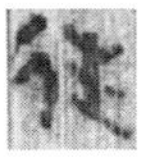 睡·封85	 睡·日乙150						
	 放·日乙299									

彼	 里8.647背	 里8.1518								76
	 嶽五・律貳31									
	 睡・秦種174	 睡・效35	 睡・為11	 睡・日甲142背						
	 放・日甲3	 放・日甲8	 放・日甲9	 放・日甲19	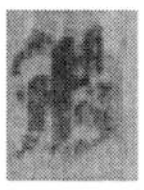 放・日乙3	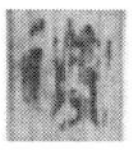 放・日乙18	 放・日乙238			
	 周・319									
延	 里8.687									78
	 嶽二・數70									
	 睡・法160	 睡・日甲117背								
	 放・日乙236									
糾	 里9.14									89

妾	 里 8.69 背	 里 8.126	 里 8.142	 里 8.610	 里 8.2171					103
	 嶽四·律壹 249	 嶽四·律壹 3	 嶽四·律壹 41	 嶽五·律貳 11						
	 睡·秦種 61	 睡·秦種 140	 睡·法 20	 睡·法 170	 睡·法 174	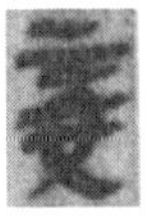 睡·封 42				
	 放·日甲 20	 放·日乙 295								
	 龍·40									
具	 里 5.10	 里 6.25	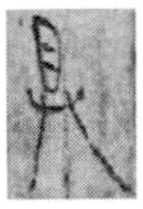 里 8.94	 里 8.1440	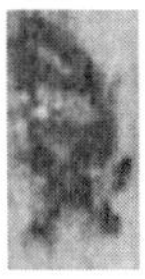 里 8.2008					105
	 嶽一·為吏 17	 嶽一·為吏 60	 嶽三·芮 75	 嶽四·律壹 228	 嶽五·律貳 48	 嶽五·律貳 335				
	 睡·語 3	 睡·法 26	 睡·為 11							
	 龍·68	 龍·181	 龍·197							

忠	 里 8.40	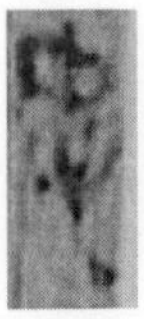 里 8.980	 里 9.1849 背							107
	 嶽一·為吏 28	 嶽五·律貳 53	 嶽五·律貳 199							
	 睡·語 6	 睡·為 46								
秉	 放·日甲 73									116
	 睡·日甲 131 背									
叔	 嶽二·數 101	 嶽二·數 205	 嶽二·數 208							117
	 里 9.10	 里 9.1194								
	 睡·秦種 43	 睡·法 153	 睡·日甲 16 背	 睡·日甲 19	 睡·日乙 65					
	 周·309	 周·329	 周·330							

	 山·2									
事	 里 5.5 背	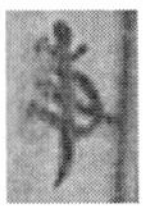 里 8.163	 里 8.157	 里 8.770	 里 8.970	 里 8.42	 里 8.122	 里 8.137	 里 8.659	117
	 里 9.2 背									
	 嶽一·34 質 4	 嶽一·34 質 65	 嶽一·為吏 7	 嶽一·為吏 66	 嶽四·律壹 110	 嶽四·律壹 145	 嶽四·律壹 199	 嶽五·律貳 31		
	 睡·語 9	 睡·秦種 54	 睡·秦種 159	 睡·秦雜 41	 睡·封 40					
	 放·日甲 16	 放·日甲 21	 放·日乙 16	 放·日乙 21	 放·日乙 242	 放·日乙 277				
	 龍·6A	 龍·19	 龍·68							
	 周·29	 周·50	 周·140	 周·189	 周·191	 周·193				
卑	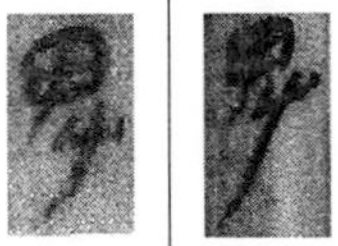 嶽四·律壹 200	嶽四·律壹 205								117

取	 里 8.145	 里 8.827	 里 8.167	 里 8.837	 里 8.1221					117
	 嶽一·為吏 37	 嶽二·數 10	 嶽三·癸 15	 嶽三·芮 77	 嶽二·數 142	 嶽二·數 143	 嶽五·律貳 113			
	 睡·秦種 42	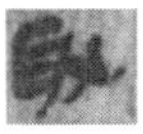 睡·秦種 78	 睡·秦雜 11	 睡·為 21	 睡·日甲 6	 睡·日甲 17	 睡·日乙 60			
	 放·日甲 30A+32B	 放·日乙 16	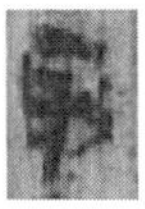 放·日乙 108B	 放·日乙 257						
	 龍·1	 龍·27	 龍·34A	 龍·213						
	 周·141	 周·309	 周·315							
斧	 嶽三·田 205	 嶽四·律壹 109								123
	 里 9.750									
	 睡·封 57									

	周‧372									
牧	里 8.490									127
	嶽五‧律貳 35									
	睡‧秦種 16	睡‧法 76	睡‧為 17							
	龍‧114									
卦	放‧日乙 244	放‧日乙 250								128
者	里 8.8	里 8.55	里 8.36	里 8.518	里 8.124	里 8.603	里 9.572	里 9.2294		138
	嶽一‧為吏 36	嶽一‧為吏 39	嶽一‧占夢 46	嶽三‧癸 30	嶽四‧律壹 38	嶽四‧律壹 280	嶽四‧律壹 290	嶽五‧律貳 1	嶽五‧律貳 5	
	嶽五‧律貳 14	嶽五‧律貳 15								
	睡‧語 7	睡‧語 12	睡‧秦種 86	睡‧秦種 133	睡‧效 1	睡‧效 51				

	 放・日甲 22	 放・日甲 37	 放・日乙 116	 放・日乙 55	 放・日乙 108B	 放・日乙 242				
	 龍・34A	 龍・2	 龍・3	 龍・8	 龍・17	 龍・20	 龍・76	 龍(木)・13		
	 周・133	 周・146	 周・148	 周・187	 周・315					
	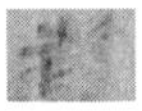 山・2									
朋	 里 9.874									149
於	 里 8.24 48									158
	 嶽一・為吏 52	 嶽一・占夢 11	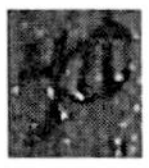 嶽一・占夢 15	 嶽四・律壹 125	 嶽五・律貳 39					
	 睡・語 1	 睡・語 3	 睡・秦種 133	 睡・效 58	 睡・為 45	 睡・日甲 98 背	 睡・日甲 101	 睡・日乙 246		
	 放・日乙 347									
	 龍・59									

放	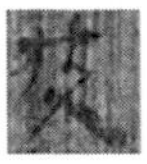 里 8.768	 里 9.1492								162
爭	 嶽一・為吏 85	 嶽三・芮 68	 嶽三・芮 73							162
	 睡・語 10	 睡・語 11								
	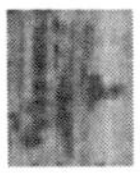 放・日乙 349									
	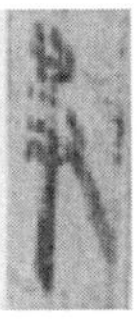 龍・203									
受	 里 6.8	 里 8.242	 里 8.1078	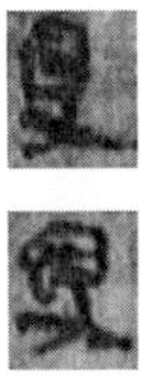 里 8.2117	 里 8.53	 里 8.63	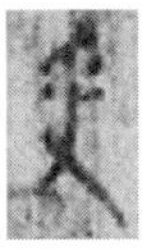 里 8.142	 里 8.893	 里 8.665	162
	 里 8.886	 里 8.1034	 里 9.1	 里 9.10	 里 9.37	 里 9.1143	 里 9.2009			

	 嶽一・為吏 38	 嶽三・癸 11	 嶽三・芮 65	 嶽三・芮 81	 嶽四・律壹 379	 嶽五・律貳 40	 嶽五・律貳 63	 嶽五・律貳 234	 嶽五・律貳 242	
	 嶽五・律貳 293									
	 睡・秦種 8	 睡・秦種 20	 睡・秦雜 38	 睡・法 11	 睡・封 38	 睡・為 22	 睡・日乙 207	 睡・日乙 215		
	 龍・137	 龍・144A	 龍・148							
肺	 嶽一・占夢 23									170
肩	 嶽四・律壹 130									171
	 睡・日甲 91 背	 睡・日甲 92 背								
	 放・日乙 217	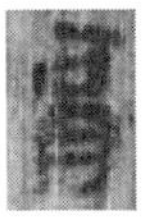 放・日乙 220	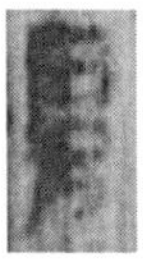 放・日乙 222							

股	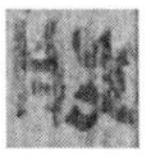 睡・封 88									172
	 里 9.249									
	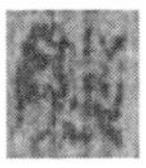 放・日乙 343									
肥	 睡・為 35	 睡・日甲 10 背								173
	 周・309	 周・373								
背	 睡・封 93									179
初	 里 8.142 背	 里 8.648	 里 9.961							180
	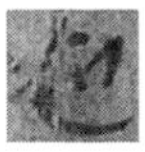 嶽三・多 91	 嶽四・律壹 141	 嶽四・律壹 279							
	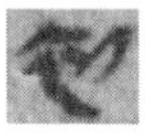 睡・秦種 111	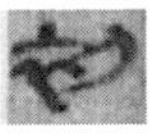 睡・法 145	 睡・日乙 130							
	 放・日乙 116	 放・日乙 241								

刻	 里 8.62 背	 里 8.154 背	 里 8.657 背	 里 8.688 背	 里 8.12 35	 里 9.33 24				181
	 睡・秦種 178	 睡・效 40	 睡・為 19							
	 龍・141 A									
券	 里 8.63	 里 8.405	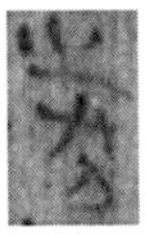 里 8.23 34	 里 8.12 42	 里 8.433	 里 8.15 54				184
	 嶽二・數 12	 嶽二・數 15	 嶽三・癸 20	 嶽四・律壹 112	 嶽四・律壹 123	 嶽四・律壹 302				
	 睡・秦種 81	 睡・法 146								
	 龍・11									
制	 里 8.461	 里 8.528	 里 8.16 48							184
	 嶽四・律壹 308	 嶽四・律壹 337	 嶽四・律壹 369	 嶽五・律貳 59	 嶽五・律貳 61	 嶽五・律貳 63				

	 龍·8									
刺	 嶽五·律貳 105									184
	 睡·法 173	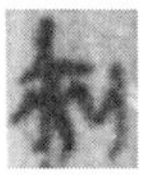 睡·封 53	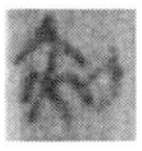 睡·日甲 43 背	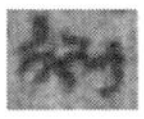 睡·日甲 49	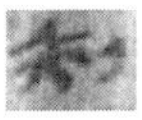 睡·日甲 131 背	 睡·日甲 132 背				
	 放·志 1									
	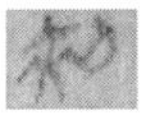 山·1	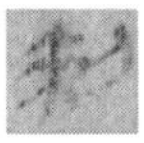 山·1								
其	 里 6.4	 里 8.12 52	 里 8.15 50 背	 里 8.884	 里 9.13 34					201
	 嶽一·為吏 15	 嶽一·為吏 36	 嶽一·占夢 24	 嶽一·占夢 26	 嶽二·數 152	 嶽三·癸 30	 嶽三·芮 74	 嶽五·律貳 14		
	 睡·語 1	 睡·秦種 6	 睡·秦種 17	 睡·秦種 99	 睡·效 20	 睡·秦雜 14	 睡·秦種 77	 睡·秦種 78	 睡·秦種 167	
	 睡·日甲 80	 睡·日乙 17	 睡·日乙 213							
	 青·16									

	 放・日甲41	 放・日乙56	 放・日乙63	 放・日乙271	 放・日乙322					
	 龍・2	 龍・18	 龍・34A	 龍・54	 龍・83	 龍・134				
	 周・243	 周・352								
	 山・1	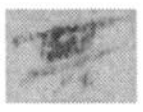 山・1	 山・1							
典	 里8.157	 里8.550	 里8.1800							202
	 嶽四・律壹1	 嶽四・律壹54	 嶽四・律壹61	 嶽四・律壹143	 嶽五・律貳21	 嶽五・律貳172				
	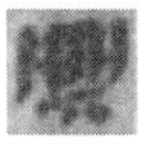 睡・秦雜32	 睡・法98								
	 龍・150	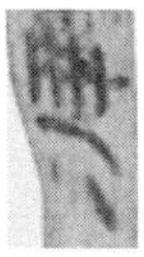 龍・239								
畀	 里8.313	 里8.1008								202
	 嶽二・數197	 嶽四・律壹27	 嶽四・律壹114							

	 睡・法23	 睡・法139								
奇	 里8.209背	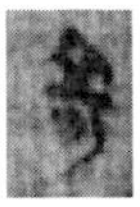 里9.1739								206
	 嶽五・律貳50									
	 睡・法161	 睡・日甲141背	 睡・日乙194	 睡・日乙195						
	 放・日乙293									
虎	 里8.168背	 里8.170	 里9.699	 里9.1005	 里9.1295	 里9.1453	 里9.1973			212
	 嶽一・占夢38									
	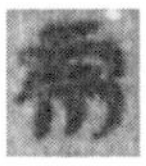 睡・秦雜25	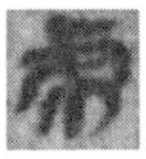 睡・秦雜26	 睡・日甲96背							
	 放・日甲32A+30B	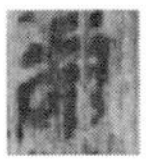 放・日乙68	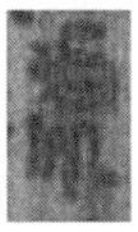 放・日乙212							

卹	 睡・為26									216
音	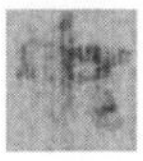 睡・封88									217
青	 里8.145	 里8.1070	 里9.2027							218
	 睡・秦種34	 睡・為36	 睡・日甲69	 睡・日乙192						
	 放・日甲23	 放・日乙56								
	 周・190	 周・192								
舍	 里 8.87背	 里8.160	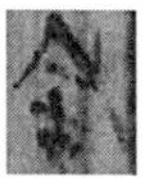 里8.565	 里8.2145	 里9.3395					225
	 嶽一・為吏86	 嶽三・猩52	 嶽三・猩55	 嶽三・同142	 嶽三・學211	 嶽四・律壹54	 嶽四・律壹61	 嶽五・律貳13	 嶽五・律貳213	
	 睡・秦種101	 睡・秦種195	 睡・法159							

	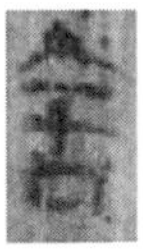 放·志2									
	 龍·15A									
	 周·349									
知	 嶽一·占夢36									230
京	 里8.238	 里8.2195								231
	 嶽三·尸38									
享	 里8.1907									231
	 睡·秦種5	 睡·日甲101背	 睡·日甲130背							
	 放·日乙154									

來	 里 5.1	 里 8.60 背	 里 8.63 背	 里 8.307	 里 8.1377	 里 8.2354	 里 8.135 背	 里 8.141 背		233
	 嶽一・34 質 42	 嶽一・占夢 22	 嶽三・尸 38	 嶽三・猩 58	 嶽三・綰 241	 嶽五・律貳 1	 嶽五・律貳 30			
	 睡・秦種 46	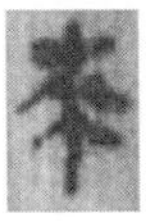 睡・秦種 185	 睡・秦雜 35	 睡・封 20	 睡・日甲 124 背					
	 龍・30	 龍・116								
	 周・187	 周・190								
	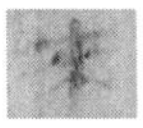 山・2									
麦	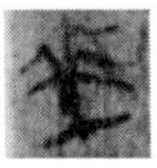 里 5.5									235
枋	 睡・日甲 101 背									247
柏	 里 8.598									250
枚	 里 6.32	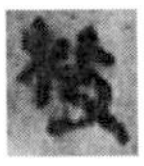 里 8.124	 里 8.1996							251

果	 里 8.25 20									251
	 睡・日 甲 38 背	 睡・日 甲 155	 睡・日甲 164 背							
	 嶽三・ 癸 4									
枝	 里 8.113	 里 8.455	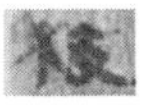 里 8.455							251
枉	 嶽三・ 癸 29	 嶽三・ 芮 76	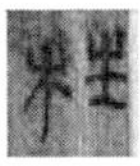 嶽五・律 貳 229							253
牀	 周・119									260
	 睡・日 甲 125									
杵	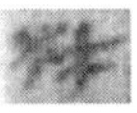 睡・日甲 117 背	 睡・日甲 159 背								262
杷	 里 9.14 12 背									262
杼	 里 6.25									265

采	 里 8.454	 里 9.11	 里 9.32 84							270
	 嶽一・ 為吏 20	 嶽五・律 貳 258								
	 睡・秦 種 181	 睡・秦 雜 21	 睡・秦 雜 23							
析	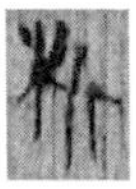 里 8.12 21	 里 9.18 82 背	 里 9.20 97							271
	 嶽一・ 35 質 32	 嶽一・ 35 質 33								
	 睡・葉 9									
林	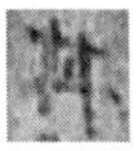 里 8.145	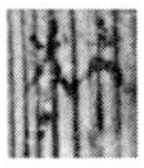 里 9.11 67								273
	 睡・葉 24	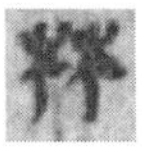 睡・秦 種 4								
	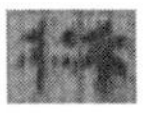 放・日 乙 179									
東	 里 5.22	 里 8.161	 里 8.17 41							273

	 嶽四·律壹 236	 嶽五·律貳 82								
	 睡·封 75	 睡·日甲 132								
	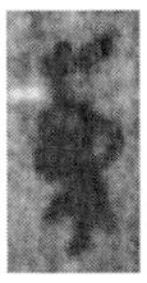 放·日甲 23	 放·日甲 43	 放·日甲 44	 放·日乙 44	 放·日乙 58					
	 周·54	 周·144	 周·243	 周·315						
困	 睡·為 15	 睡·為 15	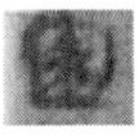 睡·日甲 24	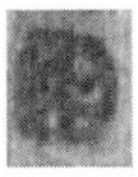 睡·日甲 25	 睡·日甲 84	 睡·日甲 115				280
	 放·日甲 35									
	 放·日甲 39	 放·日甲 73	 放·日乙 2	 放·日乙 75						
	 周·348	 周·351								
固	 里 5.1	 里 8.209	 里 9.223	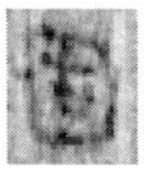 里 9.464	 里 9.1370					281
	 嶽一·為吏 54	 嶽三·癸 28								

	 睡・為35									
邸	 里8.904	 里9.2289								286
	 放・志1									
邯	 里8.894	 里9.2076								292
	 睡・葉50									
昭	 睡・葉1	 睡・葉3								306
昏	 放・日甲17	 放・日甲44	 放・日甲54	 放・日乙41	 放・日乙48	 放・日乙51	 放・日乙52			308
昌	 里5.5背	 里8.62	 里8.1437	 里9.23	 里9.1825					309
	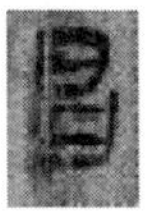 嶽五・律貳73									
	 睡・葉28	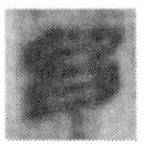 睡・日甲79	 睡・日甲120							

	 放・日乙 8	 放・日乙 108B								
昔	 睡・日甲 138 背	 睡・日乙 120								310
昆	 睡・為 25									311
	 周・193									
参	 里 9.2647									316
明	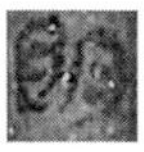 嶽一・為吏 39	 嶽一・為吏 85	 嶽四・律壹 369	 嶽五・律貳 28	 嶽五・律貳 166					317
	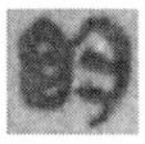 睡・語 6	 睡・語 10	 睡・為 44	 睡・日甲 11	 睡・日甲 216					
	 周・349	 周・366								
夜	 里 8.145	 里 8.1523	 里 9.211	 里 9.472	 里 9.982	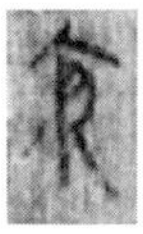 里 9.1080	 里 9.1426			318
	 嶽一・占夢 5	 嶽三・魏153	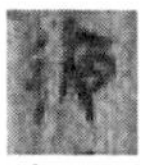 嶽五・律貳 303							

	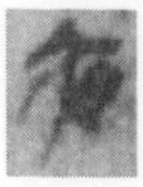 睡・秦種 4	 睡・秦種 197	 睡・為 33							
	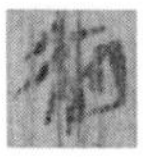 放・日甲 19	 放・日甲 44	 放・日甲 58	 放・日乙 46	 放・日乙 57					
函	 嶽四・律壹 53									319
版	 睡・秦種 131									321
	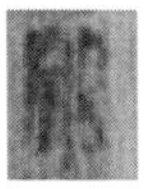 放・日乙 133									
秏	 里 8.183	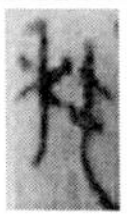 里 8.771	 里 8.1033							326
	 嶽二・數 9									
	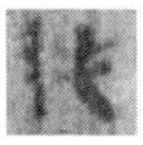 睡・秦種 165	 睡・效 24								
舀	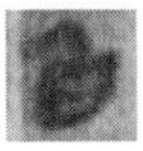 睡・日甲 136	 睡・日乙 89	 睡・日乙 101							337
	 放・日乙 78	 放・日乙 80								

枲	 里8.913	 里8.1784								339
	 嶽二·數36	 嶽二·數20								
	 睡·秦種91	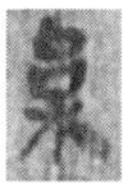 睡·秦種131								
宣	 里8.170									341
定	 里8.55	 里8.66	 里8.109	 里8.704	 里8.1769					342
	 嶽一·為吏71	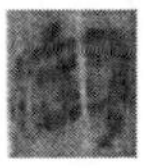 嶽三·魏158	 嶽五·律貳53							
	 睡·法121	 睡·封44								
	 放·日甲6	 放·日甲7	 放·日甲8	 放·日甲9	 放·日乙3					
宜	 里8.142	 里8.1286	 里8.2246	 里9.1						344

	 嶽一・占夢 3	 嶽三・魏152	 嶽四・律壹 223							
	 睡・秦種 185	  睡・日甲144 背								
	 放・日乙 8	 放・日乙 14	 放・日乙 91B							
宛	 里 8.261	 里 9.2076								344
	 睡・日乙 194	 睡・日乙 195								
	 周・364									
宕	 里 8.429	 里 8.657 背	 里 9.276	 里 9.1137	 里 9.2193					345
宗	 里 8.871									345
	 睡・為 25									

	 放・日乙 5									
罙	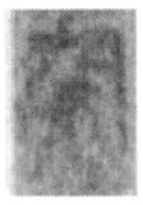 放・日乙 253									347
空	 里 8.9	 里 8.63	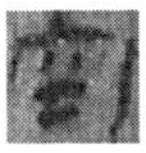 里 8.695	 里 8.44	 里 8.1176	 里 8.1974	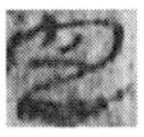 里 8.2294	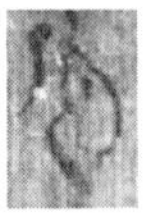 里 9.199	 里 9.520	348
	 里 9.1848									
	 嶽三・芮 65	 嶽三・芮 67	 嶽三・芮 73	 嶽四・律壹 30	 嶽四・律壹 121					
	 睡・秦種 125	 睡・秦種 126	 睡・秦雜 20	 睡・秦雜 40	 睡・法 151					
罔	 睡・秦種 5	 睡・為 35	 睡・日甲 82 背	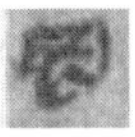 睡・日甲 86	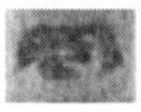 睡・日甲 143 背					358
兩	 里 8.96	 里 8.254	 里 8.518	 里 8.889						358
	 嶽二・數 22	 嶽二・數 25	 嶽二・數 81	 嶽二・數 194	 嶽四・律壹 21	 嶽五・律貳 42				

	 睡・秦種 130	 睡・秦種 72	 睡・效 3							
	 龍・1	 龍・145								
	 周・336									
帚	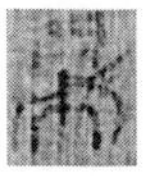 里 8.798									364
佩	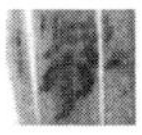 嶽三・魏157	 嶽四・律壹 177	 嶽五・律貳 69							370
	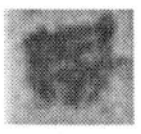 睡・日甲 146									
帛	 嶽四・律壹 205									367
	 睡・封 22	 睡・封 82								
依	 嶽一・為吏 26									376
	 睡・秦種 198	 睡・日甲 92 背	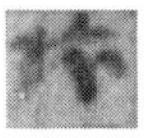 睡・日甲 148 背							

佴	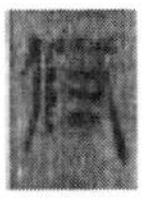 嶽五·律貳273										376
侍	 里8.143										377
	 嶽一·為吏43										
	 睡·封12										
	 周·351										
佰	 嶽三·魏155										378
	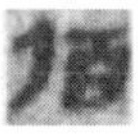 睡·法64										
	 龍·154										
便	 里8.141										379
	 嶽三·芮73										

	 睡·語 4	 睡·語 7								
俗	 里 8.355									380
	 嶽一·為吏 54									
	 睡·語 5									
使	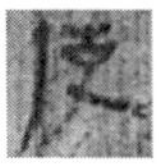 里 8.36	 里 8.197	 里 8.220	 里 9.887	 里 9.2074					380
	 嶽一·為吏 49	 嶽四·律壹 218	 嶽五·律貳 30	 嶽五·律貳 31	 嶽五·律貳 49					
	 睡·語 14	 睡·秦種 46	 睡·為 29							
	 放·日乙 5									
	 周·351									
咎	 里 8.918	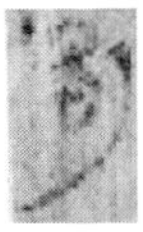 里 8.1437 背								386

	 睡·日甲6	 睡·日甲56背	 睡·日甲163背							
	 嶽一·為吏86									
	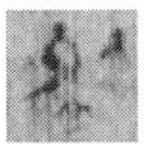 放·日甲67	 放·日乙165								
	 山·2									
卓	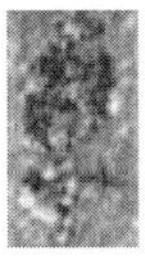 放·日乙233									389
幷	 放·日乙241	 放·日乙190								390
	 周·58	 周·319	 周·369							
臥	 嶽五·律貳221									392
	 睡·封73	 睡·日甲103背	 睡·日甲142背							
	 周·320	 周·337								

臥	 嶽三·魏163	 嶽三·得 175							392
表	 里 8.2147								393
	 嶽一·為吏 57	 嶽四·律壹 167							
	 睡·秦雜 36	 睡·為 3							
卒	 里 8.78	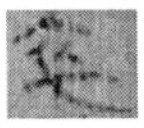 里 8.1262	 里 8.201 背	 里 8.397	 里 8.627	 里 9.1205			401
	 嶽一·為吏 18	 嶽二·數 134	 嶽三·芮 62	 嶽三·芮 74	 嶽三·同 149	 嶽三·綰 240	 嶽四·律壹 43	 嶽四·律壹 55	
	 睡·秦種 119	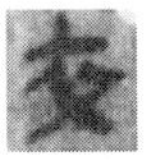 睡·秦雜 8	 睡·秦雜 15	 睡·法 199					
	 放·日乙 7	 放·日乙 162A+93A							
	 周·297								

	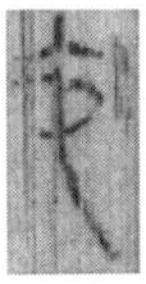 周・323									
居	 里8.135	 里8.197	 里8.1034							403
	 嶽一・34質10	 嶽一・為吏7	 嶽二・數177	 嶽三・芮78	 嶽三・芮80	 嶽五・律貳4				
	 睡・語13	 睡・秦種76	 睡・效21	 睡・秦雜1	 睡・法21					
	 放・日甲21	 放・日乙2								
	 龍・17									
	 周・299	 周・302								
屈	 睡・為34	 睡・日甲65	 睡・日甲66	 睡・日甲120	 睡・日甲126背					406
	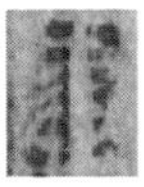 放・日乙8	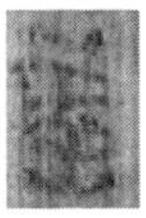 放・志3								

服	 里 8.894	 里 8.1040	 里 8.2186	 里 9.2231						408
	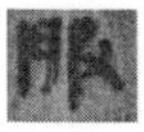 嶽三·田 199	 嶽五·律貳 222								
	 睡·秦種 18	 睡·秦種 20	 睡·為 35							
	 山·2									
兒	 嶽三·多 89	 嶽五·律貳 73								409
	 睡·秦種 50									
欣	 里 8.71	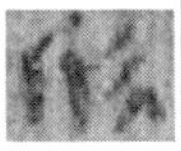 里 8.157 背	 里 8.158 背	 里 8.178	 里 9.306	 里 9.505	 里 9.794			415
欲	 睡·日甲 111 背									416
卷	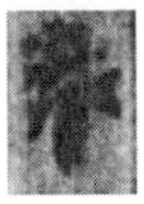 睡·葉 10	 睡·日甲 87								435
岡	 放·日乙 91A+93B+92									444

府	里 5.23	里 8.60	里 8.62	里 8.67	里 8.569	里 9.1034				447
	嶽一·34 質 5	嶽一·為吏 39	嶽三·芮 68	嶽四·律壹 7	嶽四·律壹 9	嶽五·律貳 252				
	睡·語 13	睡·秦種 84	睡·秦種 135	睡·秦種 182	睡·效 42	睡·秦雜 23	睡·為 23			
	放·日甲 17									
	周·35									
長	里 8.23	里 8.193	里 8.534	里 8.537	里 8.550	里 8.1299				457
	嶽一·為吏 69	嶽一·占夢 6	嶽二·數 128	嶽三·癸 1	嶽四·律壹 54	嶽四·律壹 143	嶽五·律貳 46	嶽五·律貳 74	嶽五·律貳 129	
	睡·秦種 73	睡·效 37	睡·秦雜 34	睡·法 95	睡·為 37	睡·日甲 40 背	睡·日甲 93 背	睡·日甲 124		
	放·日甲 41	放·日甲 34	放·日乙 70	放·日乙 108B						

	 龍·206									
	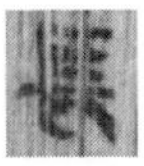 周·49	 周·366								
豚	 里 8.561									461
易	 里 8.15 14	 里 9.14 10 背								463
	 嶽五· 律貳 48									
	 睡·語 10	 睡·語 11	 睡·效 44	 睡·效 45	 睡·日 甲 78	 睡·日 甲 122				
法	 嶽一· 為吏 72	 嶽二· 數 1	 嶽二· 數 2	 嶽二· 數 204						474
	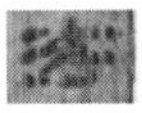 放·日 乙 281									
兔	 里 8.660									477

	 放・日 甲 33									
	 睡・日 甲 95 背									
	 龍・34A									
狗	 里 8.247	 里 9.64	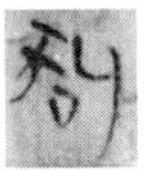 里 9.18 12							477
	 睡・日甲 119 背	 睡・日 乙 164	 睡・日 乙 176							
	 周・314									
狀	 里 8.63 背	 里 8.654 背	 里 8.14 40	 里 8.15 64	 里 9.286					479
	 嶽三・ 芮 64	 嶽三・譊 140 背								
	 睡・秦 種 87	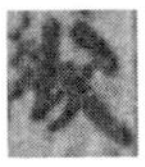 睡・封 33	 睡・日甲 131 背							
	 放・志 4									

戾	 睡·為3									480
狐	 里6.4	 里8.334	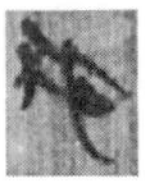 里8.406	 里9.737	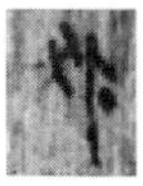 里9.11 44	 里9.14 08背				482
	 嶽一· 占夢16									
	 放·日 乙208	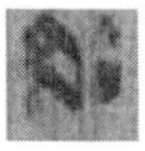 放·日 乙334	 放·志3							
	 龍·33A	 龍·34A								
炊	 嶽四· 律壹84	 嶽四· 律壹85	 嶽五·律 貳255							487
	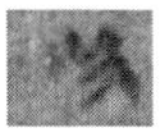 睡·秦 雜28									
	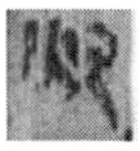 放·日 乙271	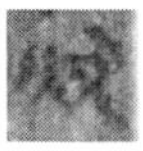 放·日 乙295								
	 周·299	 周·321								
炎	 睡·法 179									491

炙	 周·317									495
	 睡·日甲146背									
奄	 睡·秦種181									497
奔	 嶽四·律壹177									499
	 里9.752									
	 睡·秦雜9	 睡·法132	 睡·日甲152							
幸	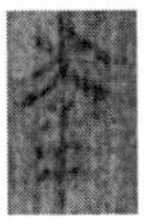 里8.624	 里8.678	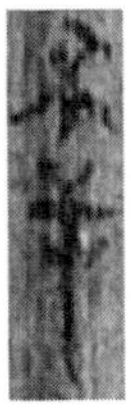 里8.1443	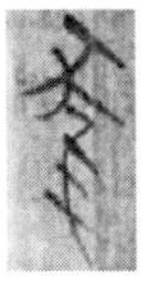 里8.1570	 里8.2088					499
	 嶽三·得184	 嶽三·田198								
	 睡·秦種5									

	 放·日乙378									
	 龍·196A									
並	 里8.1070									505
	 嶽四·律壹184									
	 睡·秦種137	 睡·秦雜39								
	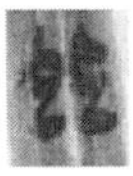 周·301									
念	 嶽三·芮75									507
怪	 睡·法69	 睡·日甲85背								514
忿	 嶽一·為吏40	 嶽一·為吏53								515
	 里9.1421									

	 睡・為 11									
河	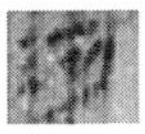 里 8.20 61									521
	 嶽一・ 占夢 34	 嶽五・ 律貳 82								
	 睡・秦 種 7									
	 放・日 乙 268									
	 龍・82A									
沮	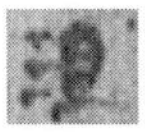 里 8.140									525
	 嶽三・ 魏154	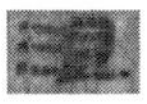 嶽三・ 魏169								
治	 里 8.141	 里 8.265	 里 8.406	 里 8.757						545
	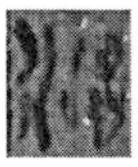 嶽一・ 34 質 33	 嶽一・ 35 質 34	 嶽一・ 為吏 21	 嶽三・ 癸 2	 嶽三・ 芮 85	 嶽三・ 學 213	 嶽四・律 壹 275			
	 睡・語 10	 睡・秦 種 14	 睡・秦 雜 6	 睡・法 107	 睡・法 163					

	 放・日甲14	 放・日乙15								
	 龍・251									
	 周・17	 周・21	 周・24	 周・26	 周・36					
泥	 里8.882	 里9.2037								548
	 放・日乙1									
泊	 里9.1850									549
波	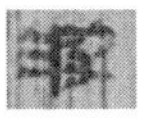 青・16									554
	 睡・日甲25背									
	 放・日甲20	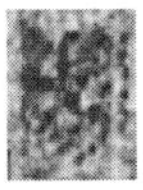 放・日乙24								
	 周・339									
沼	 里8.538									558

注	 睡·日甲136背									560
泛	 睡·秦雜25									561
決	 里9.888									562
泣	 嶽一·占夢32									570
侃	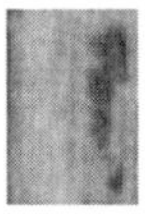 放·日乙237									574
雨	 里5.1	 里8.50	 里8.669	 里8.1786						577
	 嶽一·占夢1	 嶽一·占夢40	 嶽五·律貳324							
	 睡·秦種1	 睡·秦種115	 睡·日甲79	 睡·日乙107	 睡·日乙119					
	 放·日乙155	 放·日乙350								
	 周·333									

非	 里 8.10 0.1	 里 8.190	 里 8.539							588
	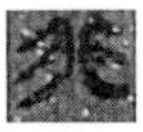 嶽一・為吏 27	 嶽三・芮 82	 嶽三・魏 167	 嶽四・律壹 219						
	 睡・秦種 17	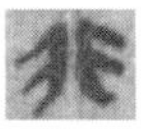 睡・秦種 191	 睡・秦雜 18	 睡・法 15						
	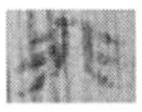 青・16									
	 放・日乙 296									
	 龍・15B	 龍・118								
	 周・350									
乳	 放・日乙 228									590
	 睡・日甲 138 背									
	 周・314									

到	 里 8.41	 里 8.137	 里 8.753	 里 8.1465	 里 8.141	 里 9.316	 里 9.963			591
	 嶽一·27 質 13	 嶽三·癸 3	 嶽三·尸 41	 嶽四·律壹 308						
	 睡·秦種 184	 睡·效 3	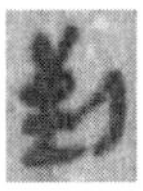 睡·效 13	 睡·秦雜 36	 睡·法 4	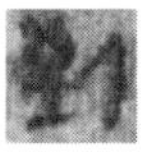 睡·封 26	 睡·日甲 126 背			
	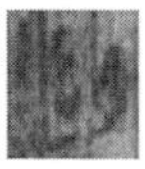 放·日乙 167	 放·日乙 174								
	 龍·40	 龍·103								
	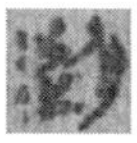 周·19									
	 山·2									
房	 睡·封 75	 睡·日甲 49	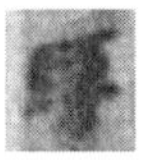 睡·日甲 54							592
	 放·日乙 173									
	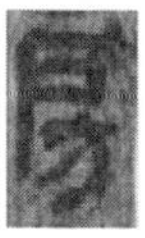 周·134	 周·339								

門	 睡・法160	 睡・為9	 睡・為23	 睡・日甲4	 睡・日甲132					593
	 放・日乙1	 放・日乙6	 放・日乙119							
	 龍・2	 龍・3								
	 周・187	 周・189								
	 山・2									
抵	 睡・封69	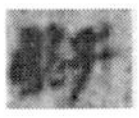 睡・日甲51								602
	 里9.22									
	 周・133	 周・191								
拈	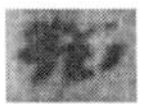 睡・日甲121背									604
抱	 里8.219									606
	 睡・日甲122背									

	 嶽五·律貳93									
承	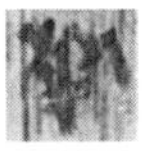 里8.137背	 里8.703								606
	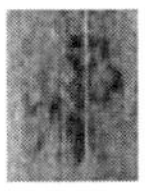 嶽五·律貳314									
拓	 里8.143									611
拔	 里8.209	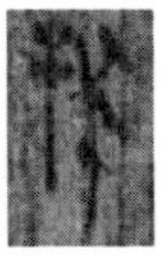 里8.219	 里8.406	 里8.918	 里8.985	 里8.1138	 里9.482	 里9.706	 里9.986	611
	 里9.2346									
	 睡·法81									
拙	 里8.172									613
姓	 嶽三·學222									618
	 睡·秦種6	 睡·秦種102	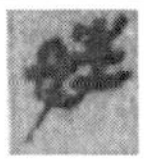 睡·秦種194	 睡·效49	 睡·秦雜14	 睡·為51	 睡·日乙157			

妻	 里 8.237	 里 8.466								620
	 嶽一·占夢 10	 嶽三·芮 79	 嶽三·魏 164	 嶽四·律壹 6	 嶽五·律貳 2					
	 睡·秦種 94	 睡·秦種 155	 睡·法 18	 睡·法 61						
	 放·日乙 16									
	 山·1									
姊	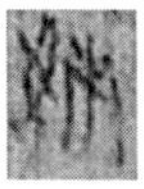 里 8.145	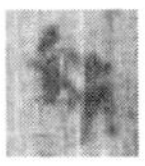 里 9.1127	 里 9.2289							621
	 嶽三·芮 82	 嶽五·律貳 1	 嶽五·律貳 199							
姑	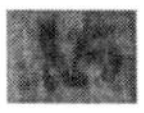 嶽三·田 190									621
	 睡·秦雜 40									
	 放·日乙 203	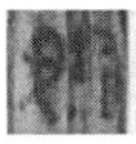 放·日乙 259+245								

始	 里 8.766									623
	 嶽一・為吏 66	 嶽二・數 131								
	 睡・為 47	 睡・日甲 40	 睡・日甲 99 背							
	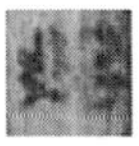 放・日乙 299									
	 龍・158									
	 周・132	 周・262 A	 周・369							
委	 里 8.142	 里 9.22 83								625
	 嶽四・律壹 148	 嶽四・律壹 248								
	 睡・效 49									
妬	 嶽四・律壹 292									628

	 睡・日乙 96									
或	 里 8.133	 里 8.141	 里 8.1045							637
	 嶽三・癸 24	 嶽四・律壹 204	 嶽五・律貳 21							
	 睡・語 1	 睡・秦種 119	 睡・效 49	 睡・法 44	 睡・法 87	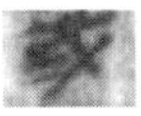 睡・日甲 143				
	 放・日乙 254									
	 龍・6A	 龍・36	 龍・65							
武	 里 8.164	 里 8.206	 里 8.666 背	 里 8.752	 里 8.1089	 里 8.1990	 里 9.23	 里 9.1606	 里 9.2542	638
	 嶽四・律壹 53									
	 睡・日甲 140	 睡・日甲 142	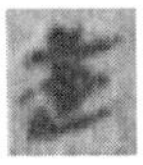 睡・日甲 146	 睡・日乙 238	 睡・日乙 242					

	 放·志 2									
直	 里 8.63	 里 8.70	 里 8.269							640
	 嶽一·為吏 44	 嶽二·數 16	 嶽二·數 123	 嶽二·數 131	 嶽三·芮 63	 嶽三·芮 86				
	 睡·秦種 80	 睡·秦種 148	 睡·秦種 177	 睡·效 13	 睡·效 39	 睡·法 47	 睡·為 2	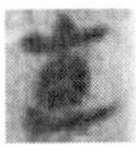 睡·日甲 130	 睡·日甲 164 背	
	 放·日甲 67	 放·日乙 52	 放·日乙 355							
	 龍·37	 龍·131								
	 周·133	 周·244								
甾	 里 8.1107	 里 9.174								643
弩	 里 8.982	 里 8.1235	 里 8.2200	 里 8.151	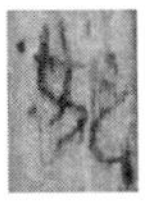 里 8.529	 里 8.529 背	 里 9.1945			647
	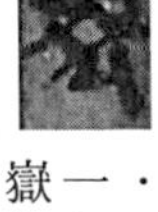 嶽一·為吏 13									

	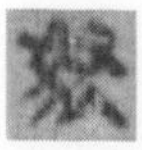 睡・效 45	 睡・秦 雜 2								
	 龍・17	 龍・82								
弦	 里 8.93	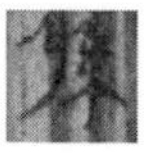 里 8.294	 里 8.458	 里 9.289	 里 9.946					648
	 睡・日 甲 27									
亟	 嶽五・ 律貳 4	 嶽五・ 律貳 33								687
	 睡・日 甲 33									
	 里 9.488	 里 9.18 48								
	 龍・39	 龍・119								
	 周・192	 周・238	 周・240							
劾	 里 8.137 背	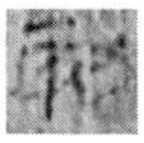 里 8.433	 里 8.651	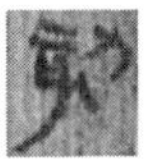 里 8.754	 里 8.11 07	 里 9.12 84				707

	 嶽三·癸 14	 嶽三·猩 44	 嶽三·芮 67	 嶽四·律壹 148	 嶽四·律壹 186	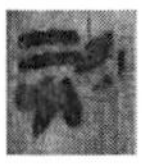 嶽四·律壹 362	 嶽五·律貳 63			
	 睡·語 7	 睡·效 54	 睡·效 55							
	 龍·45									
金	 里 6.29	 里 8.171 背	 里 8.304	 里 8.454	 里 8.1183	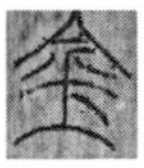 里 8.1776	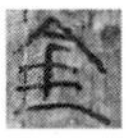 里 9.2310			709
	 嶽二·數 82	 嶽二·數 83	 嶽三·尸 36	 嶽四·律壹 117	  嶽五·律貳 42					
	 睡·秦種 68	 睡·效 7	 睡·日甲 77 背	 睡·日乙 79						
	 放·日乙 74									
	 龍·145									

	周・259	周・297	周・363							
	山・1									
所	里 5.19	里 8.454	里 8.1450	里 8.2039	里 8.78	里 8.136	里 8.615	里 8.1564	里 8.2192	724
	里 8.741 背	里 8.1433	里 8.492	里 9.871						
	嶽一・為吏 51	嶽一・占夢 3	嶽二・數 1	嶽三・猩 56	嶽三・同 143	嶽四・律壹 265	嶽四・律壹 266	嶽五・律貳 3	嶽五・律貳 41	
	睡・語 1	睡・秦種 123	睡・秦種 140	睡・效 30	睡・秦雜 40	睡・法 23	睡・為 24			
	放・日甲 32A+30B	放・日乙 284	放・日乙 359							
	龍・3	龍・8	龍・82A	龍・103	龍・148					
	周・132	周・189	周・201							

官	 里 8.16	 里 8.50	 里 8.63	 里 8.213	 里 9.500					737
	 嶽一．為吏 13	 嶽一．為吏 22	 嶽三．魏 162	 嶽四．律壹 8	 嶽四．律壹 30	 嶽四·律壹 171	 嶽四·律壹 329	 嶽五．律貳 11		
	 睡．秦種 18	 睡．秦種 160	 睡．效 19	 睡．效 40	 睡．效 42	 睡．法 95	 睡．為 23	 睡．日甲 32		
	 龍．7	 龍．8	 龍．64	 龍．88						
	 周．15	 周．17								
阿	 里 8.310									738
	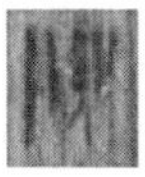 放．日乙 182									
阤	 里 8.2188									740
附	 嶽四·律壹 143									741
陸	 睡·為 8									743

叕	 睡・日乙 145									745
庚	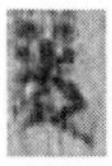 里 5.1	 里 8.110	 里 8.197	 里 8.768	 里 8.1267	 里 8.2188	 里 8.140	 里 8.163	 里 8.211	748
	 里 8.1442	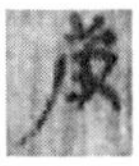 里 8.2103	 里 9.1146	 里 9.1865						
	 嶽一・27 質 6	 嶽一・27 質 17	 嶽一・34 質 3	 嶽一・34 質 45	 嶽一・35 質 16	 嶽五・律貳 99				
	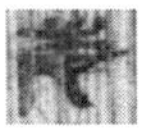 睡・封 28	 睡・日甲 63 背	 睡・日甲 68 背	 睡・日乙 66						
	 放・日甲 69	 放・日甲 72	 放・日乙 47							
	 周・4	 周・5	 周・24							
	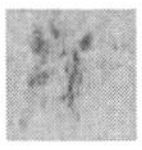 山・1	 山・1								
季	 里 8.100.3	 里 8.272	 里 8.659	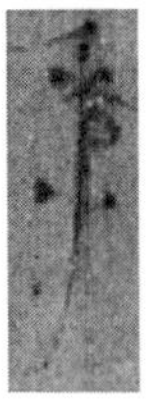 里 8.678 背	 里 8.1694	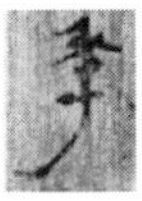 里 9.45	 里 9.1715	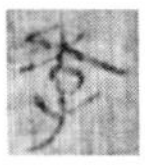 里 9.2246		750

	 放・日乙194	 放・日乙330								
孤	 嶽一・為吏75									750
	 睡·為2	 睡・日甲146	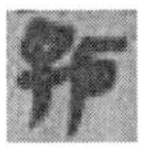 睡・日乙238	 睡・日乙243						
	 放・日乙119									
	 周·260									
孟	 里8.1864	 里9.768	 里9.1082	 里9.2619						750
	 睡・日乙17	 睡・日乙23								
	 放・日乙323									
	 周·335									
臾	 里8.1138	 里9.1145	 里9.2300							754

	 睡・日甲135									
	 嶽一・為吏70									
	 放・日甲42									
胊	 里8.703									
妶	 里8.682									
抹	 里8.2297									
抶	 里8.2145									
臤	 里5.5									
玝	 里8.461									
契	 里9.1904									

辶止	 里 9.2256									
柍	 睡・日乙 58									
歹氏	 睡・日甲 86 背									
乇子	 睡・日甲 143									
迓	 睡・日甲 110 背									
祙	 周・301	 周・302								
尸冉	 里 9.1333									
彳朮	 里 9.19 背									
航	 里 9.2287									
昀	 里 9.704									
畁	 睡・為 1									

杵	 嶽四·律壹 242								
𡛝	 周·355								
杯	 周·338	 周·341	 周·344	 周·379					
陀	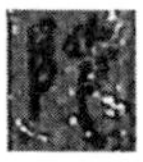 嶽一·為吏 21								
芝	 嶽一·為吏 76	 嶽三·善 208							
肮	 睡·語 12								
开	 睡·秦種 131								
皀	 里 8.327								
佈	 嶽一·為吏 51								
奈	 嶽一·占夢 14	 嶽三·魏 160							

㓷	 嶽一· 占夢 33									

九　畫

九畫	字例									頁碼
帝	 里8.461									2
	 嶽四·律壹346									
	 龍·15A	 龍·16								
祖	 嶽一·為吏70									4
祠	 睡·日甲32									5
皇	 里8.406	 里8.461								9
	 睡·日甲101	 睡·日乙145								
	 嶽四·律壹201	 嶽四·律壹217	 嶽四·律壹346							
	 龍·15A	 龍·16								

苦	 里 8.17 96									27
	 嶽一・ 為吏 4	 嶽四・ 律壹 25	 嶽五・ 律貳 16	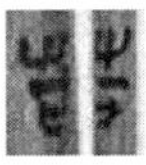 嶽五・律 貳 148						
	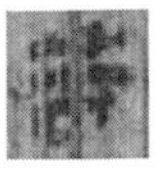 放・日 乙 375									
苐	 里 8.776	 里 8.15 14	 里 9.16 24							27
茅	 嶽二・ 數 108									28
	 睡・秦 種 195	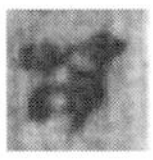 睡・日 甲 55	 睡・日甲 110 背	 睡・日甲 111 背						
	 放・日 乙 69									
	 龍・153 A									
苞	 睡・日甲 111 背									31

英	 睡・日甲 64	 睡・日甲 66	 睡・日甲 107							38
芨	 里 9.2097									39
苗	 里 8.1546									40
	 嶽一・為吏 16									
	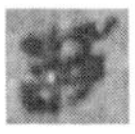 睡・秦種 144									
	 龍・166									
苛	 里 8.310									40
	 嶽一・為吏 48	 嶽一・占夢 30								
	 睡・為 39									
	 放・日乙 279									

苑	 里8.877									41
	 嶽一・為吏62	 嶽四・律壹151	 嶽五・律貳58							
	 睡・秦種5	 睡・秦種7	 睡・秦種119	 睡・秦種190	 睡・效55	 睡・為31				
	 龍・7	 龍・11	 龍・15A	 龍・28	 龍・39					
若	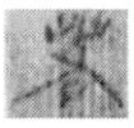 里8.1442	 里8.1550								44
	 嶽一・為吏6	 嶽一・為吏37	 嶽一・占夢9	 嶽三・芮77	 嶽五・律貳25	 嶽五・律貳27				
	 睡・秦種140	 睡・秦種172	 睡・效27							
	 放・日乙63	 放・日乙271								
	 龍・59									

	 周・241	 周・312	 周・323	 周・330						
春	 里 8.59	 里 8.284	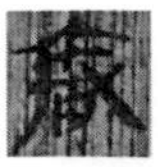 里 8.805	 里 8.11 47	 里 8.17 25					48
	 嶽一・為吏 25	 嶽一・占夢 12	 嶽四・律壹 370							
	 睡・秦種 4	 睡・法 78	 睡・日甲 87	 睡・日甲 155	 睡・日乙 202					
牲	 睡・秦種 151									52
牴	 里 8.197									53
咸	 嶽一・35 質 15	 嶽一・為吏 47	 嶽五・律貳 297							59
	 里 9.28 31									
	 睡・秦種 28	 睡・秦種 93	 睡・效 38	 睡・封 47						

	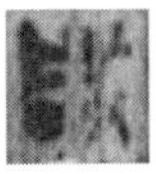 放·日乙139	 放·日乙303B+289B								
	 周·337									
	 山·1									
咼	 睡·日甲140背									61
哀	 里8.2125									61
	 嶽三·譊141									
	 睡·為31	 睡·日甲104背	 睡·日甲138背							
歫	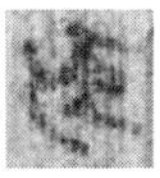 睡·封80									68
登	 青·16									68
	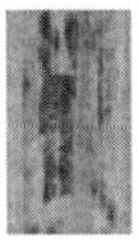 放·日乙356									

是	 里 8.25	 里 8.45	 里 8.152	 里 8.217	 里 8.561	 里 8.1794	 里 8.2011	 里 8.675		70
	 嶽一・為吏 40	 嶽一・占夢 15	 嶽三・芮 80	 嶽四・律壹 44						
	 睡・語 1	 睡・秦種 5	 睡・秦種 24	 睡・效 28	 睡・效 30	 睡・日甲 35 背	 睡・日甲 79	 睡・日乙 237		
	 放・日甲 3	 放・日乙 255	 放・日乙 15	 放・日乙 71	 放・日乙 91A+93B+92	 放・日乙 113				
	 周・143									
逑	 嶽二・數 2	 嶽二・數 5	 嶽二・數 38	 嶽二・數 54						71
	 睡・日甲 130									
迣	 嶽三・魏155									75
	 睡・為 14	 睡・日甲 145 背								

	 周・50	 周・51	 周・53	 周・54						
待	 龍・14A									77
後	 里 8.120	 里 8.164	 里 8.838	 里 8.20 49 背						77
	 嶽三・ 尸 38	 嶽三・ 猩 58	 嶽三・ 芮 67	 嶽三・ 芮 86	 嶽四・ 律壹 35	 嶽四・ 律壹 49	 嶽四・律 壹 221	 嶽五・ 律貳 1	 嶽五・ 律貳 3	
	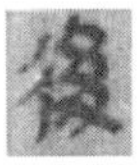 睡・語 2	 睡・秦 種 46	 睡・秦 雜 37	 睡・法 126	 睡・為 40	 睡・日甲 150 背				
	 放・日 乙 338	 放・日 乙 14	 放・日 乙 40	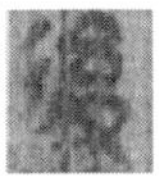 放・日 乙 42						
	 周・35	 周・59	 周・219	 周・246	 周・252					
	 山・1									
建	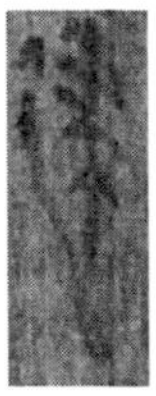 里 8.562	 里 8.19 33	 里 8.200 背							78

	 睡·日甲16	 睡·日甲91背								
	 放·日甲1	 放·日甲2	 放·日甲3	 放·日甲13	 放·日乙3					
律	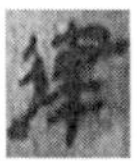  里5.17	 里8.131	 里8.143背	 里8.669	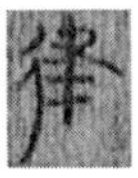 里8.803	 里8.63	 里8.135	 里8.508		78
	 嶽一·為吏86	 嶽三·癸30	 嶽四·律壹5	 嶽四·律壹54	 嶽四·律壹123	 嶽四·律壹147	 嶽五·律貳46	 嶽五·律貳53	 嶽五·律貳66	
	 睡·語4	 睡·語10	 睡·秦種3	 睡·秦種167	 睡·秦種190	 睡·效21	 睡·秦雜2			
	 放·日乙365+292									
	 青·16									
	 龍·8	 龍·117	 龍·240							
品	  里8.1923									85

扁	 里 8.262	 里 8.1081	 里 8.1576							86
	 嶽二·數 131	 嶽五·律貳 336								
	 睡·秦種 130									
	 放·日甲 28	 放·日甲 30A+32B	 放·日乙 61	 放·日乙 66						
	 周·321									
信	 里 8.197	 里 8.677	 里 9.2289							93
	 嶽一·為吏 3	 嶽一·為吏 28								
	 睡·為 7									
計	 里 8.2	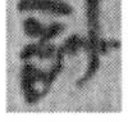 里 8.63	 里 8.656	 里 8.665	 里 8.1565	 里 8.1845				94

	 嶽四·律壹 265	 嶽四·律壹 346	 嶽五·律貳 5							
	 睡·秦種 124	 睡·秦種 194	 睡·效 55	 睡·日甲 129	 睡·日乙 231					
音	 嶽三·魏154									102
	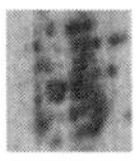 睡·封 54									
	 放·日乙 260	 放·日乙 285	 放·日乙 321	 放·日乙 352						
弇	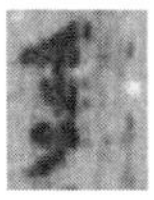 放·日乙 234	 放·日乙 353								104
要	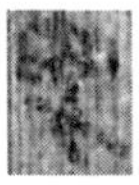 里 8.1943	 里 8.2160								106
	 睡·日甲 94 背	 睡·日甲 145 背								
	 嶽一·為吏 87									

	 放・日乙 136	 放・日乙 210	 放・日乙 221	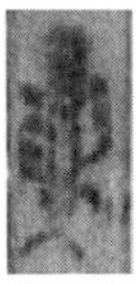 放・日乙 237						
革	 里 8.2101									108
	 嶽一・為吏 82									
	 睡・秦種 18	 睡・秦種 89	 睡・效 42	 睡・秦雜 16						
	 龍・85									
為	 里 5.10	 里 8.13	 里 8.157	 里 8.235	 里 8.757	 里 8.251	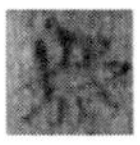 里 8.620	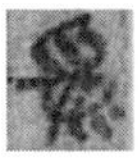 里 8.659	 里 8.1047	114
	 里 8.1222									
	 嶽一・為吏 31	 嶽一・為吏 82	 嶽一・占夢 5	 嶽二・數 1	 嶽二・數 112	 嶽三・癸 30	 嶽三・猩 53	 嶽三・多 92	 嶽一・占夢 28	

	嶽一·占夢 30	嶽四·律壹 8	嶽四·律壹 21	嶽四·律壹 77	嶽四·律壹 152	嶽四·律壹 204	嶽四·律壹 263	嶽四·律壹 266	嶽五·律貳 2	
	嶽五·律貳 27	嶽五·律貳 40	嶽五·律貳 42	嶽五·律貳 54						
	睡·語 3	睡·語 4	睡·秦種 113	睡·秦種 125	睡·效 27	睡·效 60	睡·秦雜 41	睡·法 157	睡·日乙 174	
	睡·日乙 46	睡·日乙 66								
	放·日甲 13	放·日甲 15	放·日甲 17	放·日乙 14	放·日乙 322	放·日乙 169				
	青·16									
	龍·27	龍·70	龍·93	龍·108	龍·172	龍(木)·13				
	周·243	周·244	周·299							
度	里 8.463	里 8.734 背	里 8.1510							117

	 嶽一·為吏11									
	 睡·語2	 睡·秦種9	 睡·效30							
卑	 里8.145									117
	 嶽三·同149									
段	 里8.454	 里8.785								121
	 嶽二·數158									
叚	 里8.135	 里8.1231	 里8.539	 里8.759	 里9.3背	 里9.605	 里9.1112	 里9.1310		121
	 嶽一·為吏10	 嶽二·數47	 嶽三·尸40	 嶽五·律貳39	 嶽五·律貳40					
	 睡·秦種105	 睡·秦種194	 睡·秦雜1	 睡·為18						

	 龍・1									
	 周・323	 周・336								
孜	 里 8.1435									123
敀	 嶽一・為吏 74									123
	 睡・秦種 62	 睡・日甲 113 背								
故	 里 8.136	 里 8.140	 里 8.859	 里 8.1243	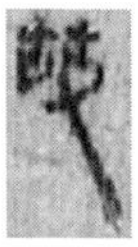 里 8.2001					124
	 嶽一・為吏 83	 嶽一・占夢 3	 嶽一・占夢 32	 嶽三・猩 47	 嶽三・芮 69	 嶽五・律貳 13	 嶽五・律貳 14	 嶽五・律貳 46		
	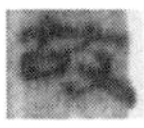 睡・語 12	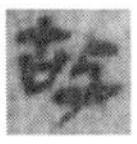 睡・秦種 111	 睡・效 48	 睡・秦雜 5						
	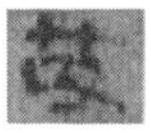 放・日乙 260									

	 龍·42A	 龍·158	 龍·171	 龍·174						
	 周·235	 周·353								
政	 放·日甲20	 放·日乙16	 放·日乙20	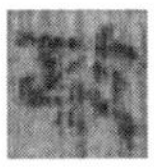 放·日乙272						124
	 睡·日乙237									
貞	 里8.490									128
	 睡·秦種125									
	 放·日乙243	 放·日乙264	 放·日乙337	 放·日乙356						
盰	 放·日甲30A+32B									132
相	 里8.25	 里8.121	 里8.577							134

	 嶽二・數 34	 嶽三・癸 11	 嶽三・癸 15	 嶽三・猩 57	 嶽三・芮 71	 嶽四・律壹 308	 嶽五・律貳 2			
	 睡・秦種 159	 睡・秦種 169	 睡・效 44	 睡・法 12	 睡・為 17					
	 放・日乙 192									
	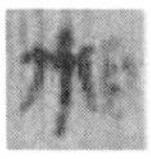 青・16									
	 龍・145									
	 周・191									
眉	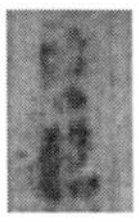 放・日乙 231									137
省	 里 8.145									137
	 嶽四・律壹 357									
	 睡・秦雜 17	 睡・秦雜 22								

盾	 里 8.1600									137
	 嶽二·數 82	 嶽三·癸 30	 嶽四·律壹 54	 嶽四·律壹 130						
	 睡·秦種 178	 睡·效 51	 睡·秦雜 34	 睡·法 38	 睡·法 94					
	 龍·118	 龍·205A								
皆	 里 8.13	 里 8.110								138
	 嶽一·為吏 87	 嶽三·癸 30	 嶽三·芮 71	 嶽三·魏 151	 嶽五·律貳 5					
	 睡·語 5	 睡·秦種 7	 睡·秦種 81	 睡·效 2	 睡·日甲 61 背					
	 放·日甲 21	 放·日甲 73	 放·日甲 21	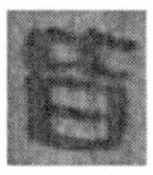 放·日甲 264						
	 龍·14A	 龍·54								

	 周・244	 周・350								
羿	 山・1									140
美	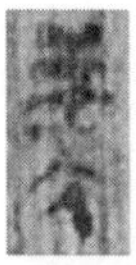 里 8.313	 里 8.771								148
	 嶽二・數 42									
	 睡・秦種 65	 睡・日甲 10 背	 睡・日甲 32	 睡・日甲 134 背						
	 放・日甲 55	 放・日乙 42B	 放・日乙 74							
	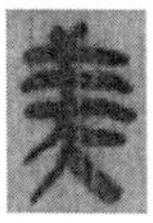 周・247	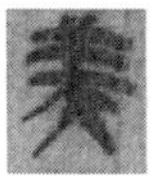 周・248								
再	 嶽一・為吏 40									160
	 放・日甲 37	 放・日乙 73	 放・日乙 77							

茲	 里 8.29	 里 8.236	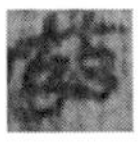 里 8.351	 里 9.33 63						161
爰	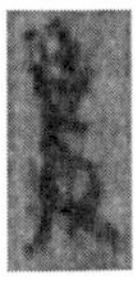 里 8.207	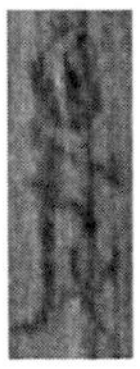 里 8.753	 里 8.918	 里 8.21 27						162
	 睡・封 51									
殆	 嶽一・ 為吏 53									165
胃	 嶽一・ 為吏 40	 嶽一・ 占夢 23								170
	 睡・法 108	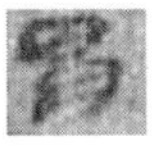 睡・日 甲 32	 睡・日 甲 34	 睡・日 甲 35 背	 睡・日甲 157 背	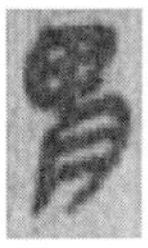 睡・日 乙 237				
	 放・日 乙 52									
	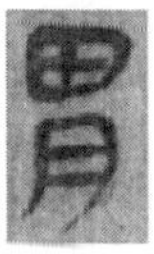 周・147	 周・219								

胄	 里8.458									173
胙	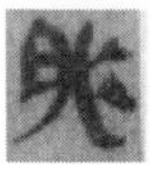 周·347									174
胡	 里8.439	 里8.15 54								175
	 嶽三· 學212									
	 周·368									
胥	 里8.60	 里8.140	 里8.665							177
削	 里 8.70 背	 里8.19 13	 里9.22 89							180
	 嶽三· 多91	 嶽三· 多92	 嶽四·律 壹138							
	 睡·秦 雜5									
前	 里5.11	 里8.197	 里8.558	 里8.759	 里8.985	 里8.11 86				180

	 嶽三・猩55	 嶽三・芮84	 嶽三・得188	 嶽三・綰241	 嶽四・律壹22	 嶽五・律貳2	 嶽五・律貳6	 嶽五・律貳118		
	 睡・秦種24	 睡・法12	 睡・封86	 睡・為43						
	 放・日乙295	 放・日乙322								
	 周・327	 周・342								
則	 嶽一・為吏49	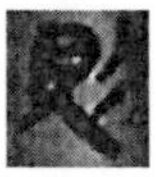 嶽一・占夢19								181
	 睡・語6	 睡・為44	 睡・日甲119							
	 青・16									
	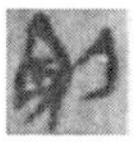 放・日甲17	 放・日乙6	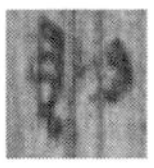 放・日乙121	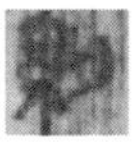 放・日乙142	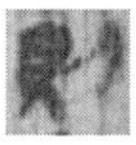 放・日乙202					
竿	 龍・140									196
甚	 里8.508	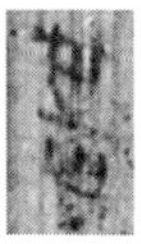 里8.2000								204

	 嶽三·魏 167									
	 睡·語 4	 睡·語 7	 睡·為 2	 睡·日甲 118 背						
	 放·日乙 15									
	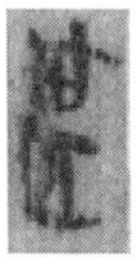 周·325									
廼	 嶽三·癸 1									205
壹	 里 8.663	 里 8.2101								207
盈	 里 8.1565									214
	 嶽二·數 48	 嶽二·數 124	 嶽二·數 130	 嶽四·律壹 22	 嶽四·律壹 36	 嶽四·律壹 106	 嶽四·律壹 123	 嶽四·律壹 137	 嶽五·律貳 41	
	 嶽五·律貳 93									

	 睡·秦種 51	 睡·秦種 73	 睡·秦種 163	 睡·效 3	 睡·效 4	 睡·效 20	 睡·日甲 3	 睡·日甲 16		
	 放·日甲 2	 放·日甲 6	 放·日甲 7	 放·日甲 8	 放·日乙 3	 放·志 4				
	 龍·41	 龍·188	 龍·190							
穽	 睡·秦種 5									218
	 龍·103									
卽	 里 9.19 背									219
既	 睡·為 24	 睡·為 40	 睡·日甲 32							219
食	 里 8.50	 里 8.672	 里 8.1222	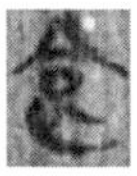 里 8.1886	 里 9.867	 里 9.2294				220
	 嶽一·為吏 77	 嶽一·占夢 41	 嶽一·占夢 42	 嶽五·律貳 46						

	 睡・秦種 20	 睡・秦種 164	 睡・效 22	 睡・效 24	 睡・法 17	 睡・法 210				
	 放・日甲 16	 放・日甲 47	 放・日甲 73	 放・日乙 55						
	 龍・83	 龍・120								
	 周・245	 周・349	 周・367	 周・373	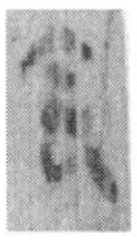 周・377					
矦	 放・日甲 39	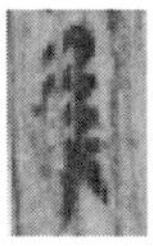 放・日乙 75								229
侯	 嶽三・癸 24									229
	 里 9.713	 里 9.2287								
	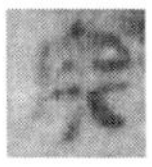 睡・秦種 193	 睡・秦雜 4	 睡・法 117	 睡・日甲 32						
亭	  里 8.38	 里 8.60	 里 8.665	 里 9.1871						230

	 嶽一·為吏 21	 嶽一·為吏 24	 嶽三·芮 66	 嶽三·芮 68						
	 睡·效 52	 睡·封 22								
畐	 嶽一·為吏 62									232
	 睡·日乙 195									
厚	 嶽二·數 180	 嶽四·律壹 365	 嶽五·律貳 120							232
	 里 9.1233	 里 9.1667								
	 青·16									
	 放·日乙 356									
复	 嶽三·學 218									235

韋	 里 8.522 背	 里 9.145	 里 9.746	 里 9.1126	 里 9.1411 背	 里 9.2097				237
	 嶽一・為吏 48									
	 睡・秦種 89	 睡・日甲 40								
	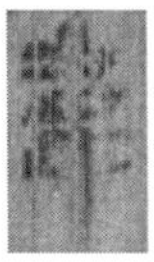 放・日乙 272									
柀	 里 8.197	 里 8.2399								244
	 嶽一・占夢 10	 嶽四・律壹 351	 嶽五・律貳 73							
	 睡・秦種 48	 睡・秦種 162	 睡・效 19	 睡・日甲 14						
枸	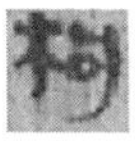 里 8.455	 里 8.855								247

	 嶽四・律壹 48	 嶽五・律貳 223								
	 睡・秦種 134									
柳	 里 8.430									247
	 嶽三・癸 18									
	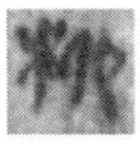 睡・秦種 131	 睡・日甲 1								
	 周・154									
枳	 里 8.197 背	 里 8.855	 里 8.1588	 里 8.2254	 里 9.718	 里 9.2529				248
	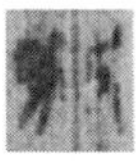 睡・葉 17	 睡・日甲 14 背	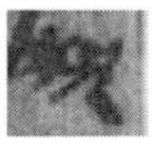 睡・日甲 49							
某	 嶽一・為吏 74	 嶽四・律壹 281	 嶽五・律貳 67	 嶽五・律貳 114						250
	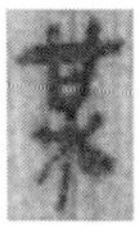 睡・秦種 168	 睡・秦種 171	 睡・效 28	 睡・日甲 56 背	 睡・日甲 154 背					

	 放·日乙270	 放·日乙285								
	 周·326	 周·376								
柏	 放·志4									250
	 睡·日甲132背									
柢	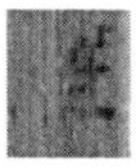 嶽五·律貳127									251
	 睡·語11									
柖	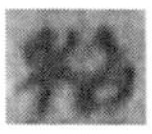 睡·日甲47	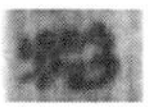 睡·日甲54	 睡·日甲56							253
枯	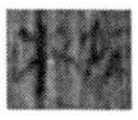 里8.466									254
	 睡·日甲112背									
	 嶽一·占夢10									
柔	 睡·為35									254

	 放・日乙 114									
柱	 里 8.780									256
枱	 睡・日甲 143 背									261
柄	 睡・為 5									266
柯	 里 8.478									266
柧	 里 8.478	 里 9.532								271
棐	 里 8.145	 里 9.2289								272
	 睡・為 20									
	 放・日乙 14									
南	 里 8.376	 里 8.974	 里 8.661	 里 8.772	 里 8.1182	 里 8.2178				276

	 嶽一・34質58	 嶽三・尸40	 嶽五・律貳53							
	 睡・葉26	 睡・封64	 睡・封75	 睡・日甲29背	 睡・日甲62	 睡・日甲78背	 睡・日甲96	 睡・日甲132	 睡・日乙200	
	 睡・日乙208									
	 放・日甲37	 放・日甲44	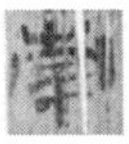 放・日甲46	 放・日甲54	 放・日甲56	 放・日乙41	 放・日乙303A+304			
	 龍・214									
	 周・147	 周・337	 周・357							
朿	 周・375									278
剌	 睡・日甲140背									279
囿	 睡・為34									280

負	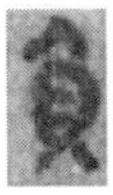 里 8.63	 里 8.1143	 里 8.2101							283
	 嶽一·占夢 9	 嶽二·數 132	 嶽三·猩 51							
	 睡·秦種 83	 睡·效 34	 睡·秦雜 22	 睡·法 202						
郁	 里 8.1277									288
邽	 嶽四·律壹 321									289
郄	 里 9.209	 里 9.426	 里 9.1410							291
	 睡·日乙 197									
郅	 里 8.1277									293

巷	 嶽二・數 67									303
	 睡・法 186	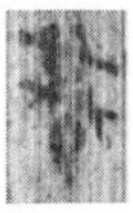 睡・封 79								
昧	 里 8.1668									305
	 嶽三・學 218									
昭	 嶽四・律壹 344									306
	 睡・為 27									
昫	 里 9.768	 里 9.705	 里 9.1127							307
施	 睡・為 16	 睡・為 49								314
	 放・日乙 351	 放・日乙 7								
星	 放・日乙 133	 放・日乙 163	 放・日乙 321	 放・日乙 327B	 放・日乙 350					315

	 睡・日甲 51	 睡・日甲 54	 睡・日乙 41							
	 周・131	 周・366								
秏	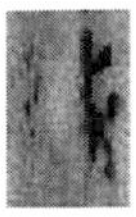 嶽四・律壹 340									326
	 里 9.1723	 里 9.1856	 里 9.3264							
秋	 嶽一・為吏 25	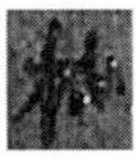 嶽一・占夢 21								330
	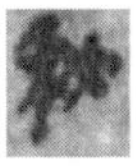 睡・秦種 120	 睡・日甲 1	 睡・日甲 31 背	 睡・日甲 33 背	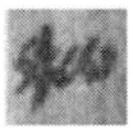 睡・日甲 102	 睡・日甲 155				
	 青・16									
臬	 嶽四・律壹 365									339
	 里 9.217	 里 9.839	 里 9.1272							

	 睡・封64									
	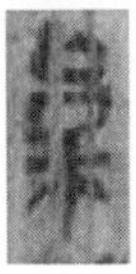 放・日乙162A+93A									
	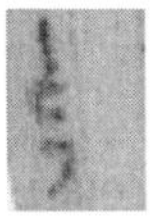 周・319									
非	 里8.1664									340
	 睡・秦種179									
室	 里8.104	 里8.445	 里8.1385							341
	 嶽一・為吏26	 嶽二・數47	 嶽三・芮67	 嶽四・律壹3	 嶽四・律壹54	 嶽五・律貳21				
	 睡・秦種191	 睡・法98	 睡・封20	 睡・為23	 睡・日甲27背	 睡・日甲40背				
	 放・日甲15	 放・日甲23	 放・日甲28	 放・日乙56	 放・日乙259+245					

	 周 · 193	 周 · 377								
	 山 · 2	 山 · 2								
宣	 嶽四 · 律壹 340									341
宧	 嶽四 · 律壹 152	 嶽四 · 律壹 218	 嶽五 · 律貳 36	 嶽五 · 律貳 87						343
	 睡 · 秦種 181	 睡 · 日乙 141								
	 放 · 日乙 125									
	 龍 · 199									
	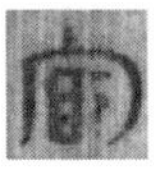 周 · 241									
	 山 · 2									
客	 里 6.6	 里 8.461								344
	 嶽三 · 魏 167									

	 睡・秦種 35	 睡・法 140	 睡・日甲 59	 睡・日甲 60						
	 放・日甲 16	 放・日乙 16	 放・日乙 340							
	 周・189									
穿	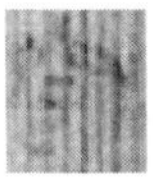 里 8.1937									348
	 嶽四・律壹 151									
	 睡・葉 34	 睡・法 80	 睡・日甲 11 背	 睡・日甲 24 背	 睡・日乙 57	 睡・日乙 191				
	 放・日乙 136									
	 龍・103									
	 周・371									

突	 嶽五· 律貳 13									349
	 睡·效 42	 睡·秦 雜 16	 睡·日 甲 95 背							
疫	 睡·日甲 127 背	 睡·日甲 130 背								355
疢	 嶽三· 譊 168									355
	 周·298									
冠	 里 8.13 63									356
	 放·日 乙 362									
冑	 里 9.29									357
冒	 睡·語 11	 睡·秦 種 147								358
	 嶽四·律 壹 167	 嶽五·律 貳 220								

帥	 睡・日甲 7	 睡・日乙 19A+16 B+19C								361
保	 嶽一・為吏 6									369
	 睡・封 86									
俊	 周・367									370
侵	 嶽五・律貳 148									378
	 龍・120	 龍・121								
俗	 放・日乙 184									380
係	 睡・封 64									385
	 周・309									
促	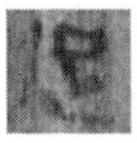 放・日乙 264									385

重	 里 8.1015	 里 8.2155	 里 8.2461							392
	 嶽一·為吏 56	 嶽二·數 103	 嶽二·數 106	 嶽三·芮 80	 嶽四·律壹 248	 嶽五·律貳 245				
	 睡·秦種 196	 睡·效 60	 睡·秦雜 21	 睡·法 93	 睡·日甲 32					
	 放·日乙 210									
	 龍·171									
衽	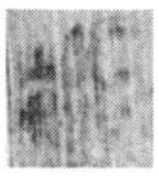 睡·封 58									394
屋	 里 8.876									404
	 嶽一·為吏 24									

	 睡・為15	 睡・日甲12背	 睡・日甲101	 睡・日乙111	 睡・日乙112					
	 放・日甲35	 放・日乙71	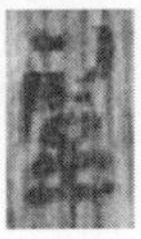 放・日乙94							
	 周・333									
屏	 嶽五・律貳218									405
	 睡・日甲10背	 睡・日乙190								
	 放・日乙77									
俞	 里8.1040									407
疣	 嶽四・律壹285									426
面	 里8.894	 里8.1284	 里8.1570							427

	 嶽三・猩 58									
	 睡・法 204	 睡・日甲 95 背	 睡・日甲 98 背							
	 放・日甲 33	 放・日甲 41	 放・日乙 66	 放・日乙 69	 放・日乙 211					
首	 里 8.197	 里 8.629	 里 8.1675	 里 8.404	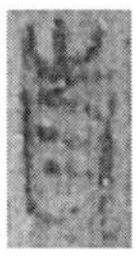 里 8.434	 里 8.1796				427
	 嶽一・為吏 13	 嶽一・為吏 51	 嶽一・為吏 87 背	 嶽三・同 148	 嶽四・律壹 151	 嶽四・律壹 280	 嶽四・律壹 370	 嶽五・律貳 28	 嶽五・律貳 39	
	 嶽五・律貳 40	 嶽五・律貳 42								
	 睡・秦種 155	 睡・秦種 156	 睡・封 25							
	 放・日甲 13	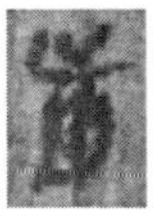 放・日甲 16	 放・日乙 14	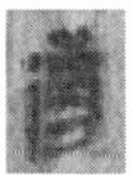 放・日乙 16	 放・日乙 70	 放・日乙 272	 放・日乙 303A+304			

	 龍・30	 龍・150	 龍・269							
	 周・146	 周・151	 周・337							
卻	 里 6.11	 里 8.135	 里 8.785	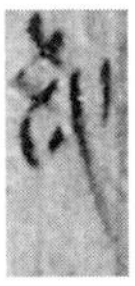 里 8.843	 里 8.867	 里 9.2289				435
	 嶽五・律貳 48	 嶽五・律貳 49	 嶽五・律貳 80							
	 睡・封 66									
禺	 嶽一・占夢 12									441
	 睡・日甲 65	 睡・日甲 66	 睡・日甲 129	 睡・日乙 181						
	 放・日乙 261									
庳	 里 8.661	 里 8.1308								447

昜	 嶽四·律壹 310	 嶽五·律貳 308	 嶽五·律貳 323							458
	 放·日乙 355									
耐	 里 8.144	 里 8.756	 里 8.805	 里 8.1734						458
	 嶽三·癸 24	 嶽三·猩 61	 嶽四·律壹 78	 嶽四·律壹 217	 嶽五·律貳 28					
	 睡·秦雜 6	 睡·秦雜 36	 睡·日乙 145							
	 放·日乙 133	 放·日乙 255								
	 龍·40	 龍·109								
彖	 里 9.1835									461
狡	 里 8.984									478

	 睡・法189									
炭	 嶽二・數158									486
	 周・317									
奎	 放・日乙133									497
	 睡・日甲49	 睡・日甲51	 睡・日甲152	 睡・日甲161背	 睡・日乙82					
	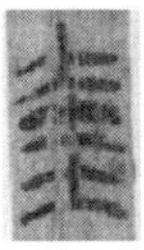 周・145									
奏	 里8.251	 里8.433	 里8.758							502
	 嶽三・譊140背	 嶽三・同148	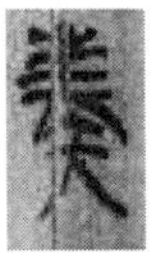 嶽五・律貳118							
	 睡・語13									

	 周·47									
契	 睡·日甲132背									497
耎	 嶽二·數29	 嶽二·數38	 嶽三·綰241	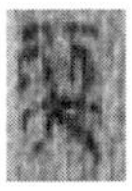 嶽五·律貳317	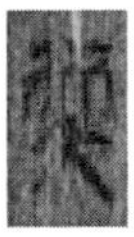 嶽五·律貳318					503
	 睡·封57									
	 龍·27	 龍·28								
思	 里8.1444									506
	 睡·為49	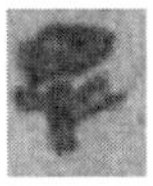 睡·日甲104背								
恢	 睡·葉25									508
恬	 里8.58	 里8.2170								508

急	 里 8.90	 里 8.182	 里 8.616	 里 8.753 背	 里 8.756	 里 8.2227 背				512
	 嶽四·律壹 192	 嶽四·律壹 368	 嶽五·律貳 113							
	 睡·秦種 54	 睡·秦種 183	 睡·封 71	 睡·為 7	 睡·日乙 139					
	 周·199	 周·363								
怠	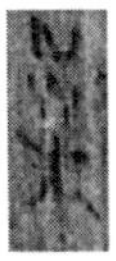 里 8.354									514
怨	 睡·為 13									516
怒	 嶽一·為吏 53	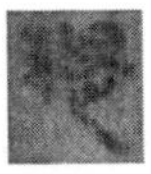 嶽三·田 201								516
	 睡·為 11									

	 放・日甲 55	 放・日乙 37								
	 周・222	 周・246	 周・248	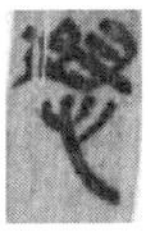 周・249	 周・251	 周・252				
洛	 嶽一・占夢 20									529
洋	 嶽三・同 148									543
衍	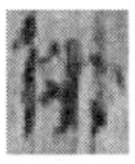 里 8.159 背	 里 8.14 50								551
洞	 里 5.35	 里 8.12	 里 8.556	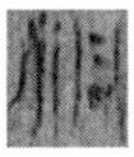 里 8.695 背	 里 8.947	 里 8.29	 里 8.78			554
	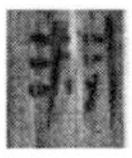 嶽五・律貳 56	 嶽五・律貳 16								
洫	 嶽一・占夢 29									559
津	 里 8.651									560
	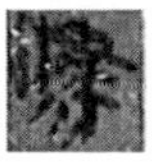 嶽一・34 質 60									

	 睡・為 14									
洗	 嶽一・為吏 64									569
	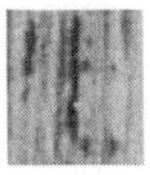 放・日乙 183									
	 周・324									
染	 周・315									570
流	 嶽一・為吏 8									573
泉	 嶽三・田 207									575
	 放・日乙 161									
飛	 嶽一・占夢 6									588
指	 里 8.1221									599

	 嶽一·為吏 50	 嶽一·為吏 56								
	 睡·法 83	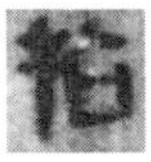 睡·封 64	 睡·為 29							
	 周·312	 周·315	 周·372							
拜	 嶽四·律壹 160									601
	 睡·秦種 153	 睡·日甲 166								
拾	 里 8.999									611
	 嶽四·律壹 186									
挌	 里 8.2442									616
	 睡·法 66									
威	 嶽二·數 127									621

	 睡・為12									
姨	 嶽五・律貳2									622
姣	 里8.682									624
姽	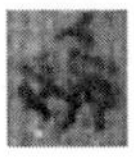 里8.2098									625
娃	 里8.145	 里8.1434								629
姘	 里8.2150									631
匽	 青・16									641
	 睡・日甲86背									
匩	 里9.414									642
医	 睡・法204									642
⿱夗瓦	 放・日乙295									645

紀	 睡・為 49	 睡・日 乙 23								651
	 放・日 乙 283									
約	 里 8.136	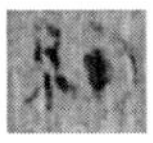 里 8.10 08	 里 8.20 37							653
	 嶽三・ 癸 10	 嶽三・ 癸 19	 嶽五・律 貳 109	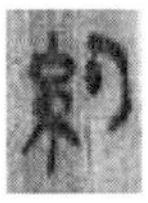 嶽五・律 貳 113						
	 睡・法 139									
	 周・187	 周・191	 周・223							
紅	 里 8.621									657
	 嶽五・律 貳 316									
	 睡・秦 種 89	 睡・秦 種 111	 睡・秦 雜 18							
⿱宀虫	 里 8.14 70									682

風	 嶽一·為吏 86									683
	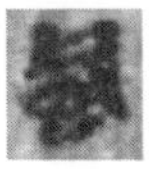 睡·秦種 2	 睡·效 42	 睡·日甲 103 背	 睡·日甲 110 背	 睡·日乙 16A	 睡·日乙 107	 睡·日乙 119			
	 放·日乙 163	 放·日乙 166								
	 周·333									
亟	 里 8.41	 里 8.137	 里 8.673	 里 8.1523	 里 8.2473					687
	 嶽一·為吏 9	 嶽四·律壹 308	 嶽四·律壹 309							
	 睡·秦種 16	 睡·法 102								
恆	 里 8.62	 里 8.175 背	 里 8.1073	 里 8.1592						687
	 嶽三·甈 167	 嶽四·律壹 357	 嶽五·律貳 33	 嶽五·律貳 108						
	 睡·秦種 11	 睡·秦種 84	 睡·法 52	 睡·為 12	 睡·日甲 120 背	 睡·日乙 134				

	 周·321	 周·352								
垣	 睡·葉17	 睡·秦種195	 睡·秦種55	 睡·秦種59	 睡·封79	 睡·為15	 睡·日甲96	 睡·日甲98背	 睡·日甲144背	691
	 里9.1233									
	 嶽一·為吏1	 嶽三·綰242								
	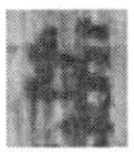 放·日乙94	 放·日乙101	 放·日乙115							
	 龍·39									
	 周·326									
封	 里8.78	 里8.133	 里8.651	 里8.1558						694
	 嶽一·吏81	 嶽一·占夢38	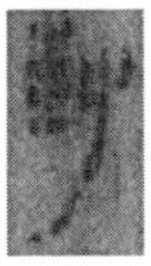 嶽三·學218	 嶽三·學227						
	 睡·葉4	 睡·秦種171	 睡·效30	 睡·封98						

	 青・16									
	 龍・121	 龍・284								
	 山・1									
城	 里 5.17	 里 8.871	 里 8.2257							695
	 嶽一・為吏 75	 嶽二・數 179	 嶽三・多 94	 嶽三・魏 162	 嶽四・律壹 366	 嶽五・律貳 8	 嶽五・律貳 170			
	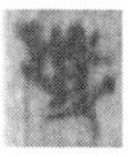 睡・葉 7	 睡・秦種 55	 睡・秦種 57	 睡・秦種 145	 睡・秦雜 19	 睡・法 126	 睡・為 8			
	 放・日乙 351									
	 龍・42A	 龍・70	 龍・108	 龍(木)・13						
垂	 嶽二・數 82									700

界	 里 5.6	 里 8.228	 里 8.649	 里 8.24 36						703
	 嶽三・ 癸 5	 嶽三・ 猩 52								
	 睡・法 186									
	 放・日 乙 287									
盼	 嶽五・ 律貳 23	 嶽五・律 貳 155								
勉	 睡・秦 雜 41	 睡・日 甲 8 背	 睡・日 甲 56 背							706
	 里 9.169	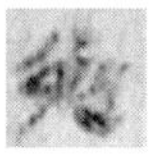 里 9.18 61								
勇	 里 8.17 64	 里 9.18 87	 里 9.20 35							707
組	 睡・法 27									723

斫	 睡・語 12									724
軍	 里 5.4	 里 8.12 70								734
	 嶽三・ 多 88	 嶽三・ 學 211	 嶽三・ 學 233	 嶽四・律 壹 221	 嶽五・ 律貳 13					
	 睡・葉 53	 睡・秦 雜 8	 睡・法 52	 睡・日 甲 40	 睡・日 乙 119					
	 放・日 乙 4									
降	 嶽三・ 尸 38									739
	 睡・秦 雜 38	 睡・日 乙 134								
禹	 放・日 甲 42	 放・日 甲 66	 放・日 甲 67							746
	 睡・日 甲 56 背	 睡・日 甲 135	 睡・日甲 165 背	 睡・日 乙 104	 睡・日 乙 106					

	 周・326	 周・340	 周・350	 周・376						
亲	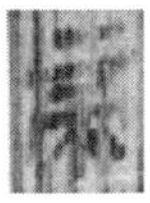 放・日乙 305									748
癸	 里 5.1	 里 8.133 背	 里 8.962	 里 8.1170						749
	 嶽一・27 質 38	 嶽一・34 質 49	 嶽一・35 質 5	 嶽三・癸 19						
	 睡・葉 19	 睡・日乙 66								
	 山・1	 山・1								
	 放・日甲 25	 放・日甲 70	 放・日甲 72	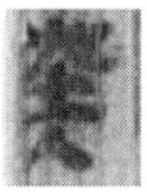 放・日乙 96	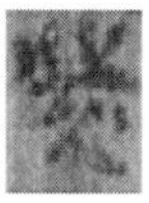 放・日乙 200					
	 周・1	 周・7	 周・27	 周・62	 周・113					
徉	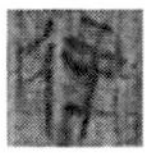 里 8.314									
俉	 里 8.140 背									

	 睡・日甲 34									
耶	 里 8.100.3									
勂	 里 8.756									
图	 里 8.607									
⿰犭舟	 里 8.1656									
[illegible]	 里 8.1643									
庇	 里 8.1177									
齿	 里 8.860									
寅	 里 8.753 背									
困	 里 8.658									

故	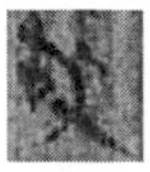 里 8.631								
[illegible]	 里 8.490								
觔	 里 8.462								
寃	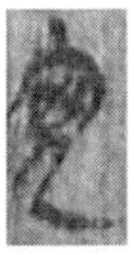 里 8.458	 里 8.760	 里 9.177	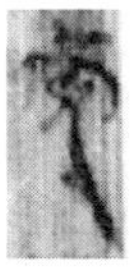 里 9.1164					
朐	 里 8.63 背	 里 8.373	 里 8.445	 里 8.675 背	 里 8.988	 里 8.1732			
	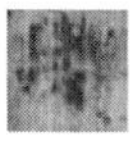 放・日乙 207								
洶	 里 9.1633								
胗	 里 9.1886								
迵	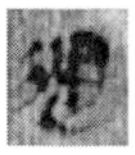 里 9.1145								
粆	 950 背								

采	 睡·日乙 47	 睡·日乙 49								
胜	 睡·日乙 174									
思	 睡·日甲 88 背									
芾	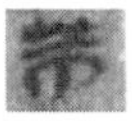 睡·日甲 102 背									
带	 里 9.745									
匿	 里 9.22 37									
迷	 周·378									
娒	 里 9.22 89									
恴	 里 9.701									
柁	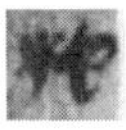 睡·日甲 119									

庠	 嶽四·律壹 358	 嶽五·律貳 141								
延	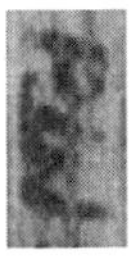 放·日乙 137									
紂	 放·日乙 164	 放·日乙 303B+289B								
剋	 龍·203									
猜	 周·365									
畚	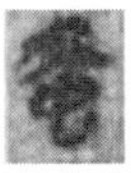 睡·秦種 2									
蚩	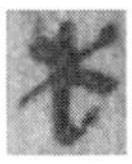 睡·秦種 86	 睡·秦種 104								
豉	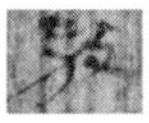 里 8.570									
庢	 睡·法 28									
庰	 睡·封 84									

脥	 睡・封 54									
苙	 嶽一・為吏 14									
肓	 嶽一・占夢 18									
	 睡・法 74									
芝	 嶽三・同 143									
夌	 嶽三・得 178	 嶽三・得 179								
㚷	 嶽三・學 225									
𧥛	 睡・語 12									

十　畫

十畫	字　例									頁碼
旁	 里 8.158 背	 里 8.174	 里 8.262	 里 8.1298						2
	 嶽一・為吏 29	 嶽三・猩 57	 嶽三・芮 65	 嶽五・律貳 109	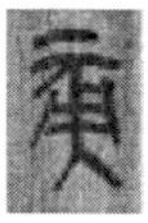 嶽五・律貳 156	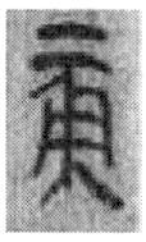 嶽五・律貳 157				
	 睡・秦種 120	 睡・秦種 196	 睡・封 22							
	 放・日甲 31	 放・日甲 39	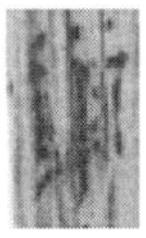 放・日乙 67							
	 龍・252									
	 周・354									
神	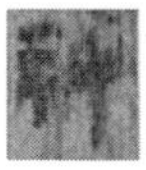 放・日乙 332									3
	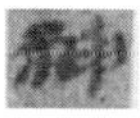 睡・日甲 119 背	 睡・日甲 131 背	 睡・日甲 140 背							

	 山・2									
祖	 睡・日甲118背									4
祠	 里8.1091	 里9.731								5
	 嶽四・律壹324	 嶽五・律貳307								
	 睡・法28	 睡・封92	 睡・日甲18	 睡・日甲40	 睡・日甲101					
	 放・日乙16	 放・日乙52	 放・日乙102	 放・日甲16	 放・日甲17					
	 周・347									
	 山・1	 山・2	 山・2							
祝	 嶽一・占夢18									6
	 睡・日乙194									
	 放・日甲13	 放・日甲17	 放・日甲67	 放・日乙16						

	 周·330	 周·338	 周·343	 周·348						
祟	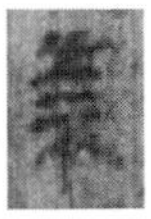 放·日乙260	 放·日乙262	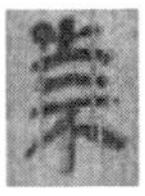 放·日乙271	 放·日乙276	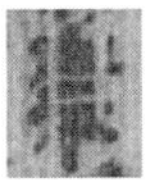 放·日乙350					8
珥	 睡·法80									13
珠	 睡·為36									17
荅	 里8.63									23
	 嶽二·數101									
	 睡·秦種38	 睡·日甲19								
茝	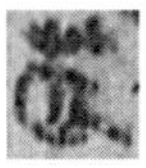 里8.2101	 里9.309								25
	 睡·為11	 睡·日甲93背								
茰	 嶽三·猩52									27

荊	 里 8.135	 里 9.1205								37
	  嶽三·尸 33	 嶽三·尸 41	 嶽三·多 92	 嶽五·律貳 14	 嶽五·律貳 15					
	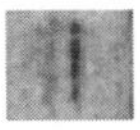 睡·葉 30									
茲	 嶽一·為吏 85	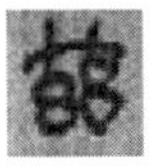 嶽五·律貳 199								39
	 睡·為 46									
芻	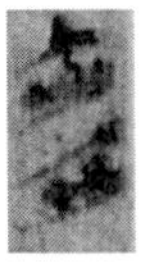 里 8.780	 里 8.2015	 里 9.18	 里 9.743	 里 9.1899 背					44
	 嶽二·數 73	 嶽二·數 75	 嶽三·綰 243							
	 睡·秦種 8	 睡·秦種 10	 睡·秦種 174	 睡·效 37	 睡·日甲 143 背					
	 放·日甲 36	 放·日乙 72								

菸	 嶽四·律壹 109									45
荔	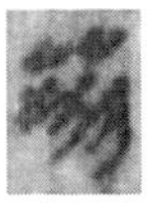 睡·秦種									46
草	 里 8.1057	 里 9.15	 里 9.641	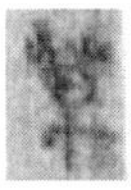 里 9.1305						47
	 嶽一·為吏 74	 嶽三·猩 55								
	 睡·秦種 4	 睡·法 210								
	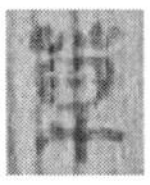 青·16									
	 放·日乙 69									
	 龍·153A									
	 周·312									

牷	 放・日甲38	 放・日乙74								52
	 睡・日甲76背									
問	 里8.62	 里8.2088								57
	 里8.63	 里8.1958								
	 山・2									
唐	 里8.92	 里8.140	 里8.886	 里8.936	 里9.486背	 里9.1112	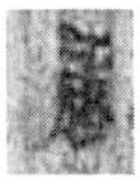 里9.1204			59
	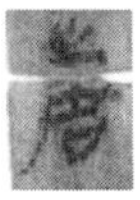 嶽三・學210									
	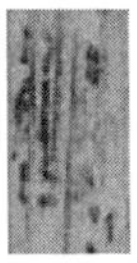 放・日乙294									
哭	 放・日乙244									63

	 睡・日甲12背	 睡・日甲138背	 睡・日乙191							
起	 里8.248	 里8.373	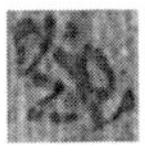 里8.648	 里9.371	 里9.500	 里9.963				65
	 嶽一・27質29	 嶽一・27質37	 嶽一・為吏56	 嶽一・占夢27	 嶽三・學227	 嶽四・律壹223				
	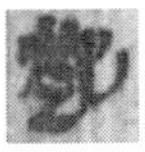 睡・秦種184	 睡・封73	 睡・為1	 睡・日甲27背	 睡・日甲29背	 睡・日甲31背	 睡・日甲36背	 睡・日乙113		
	 放・日甲21	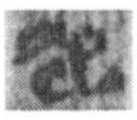 放・日甲24								
	 周・11									
迹	 嶽三・癸5									70
	 睡・封71									
	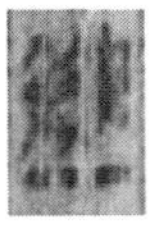 放・日乙314									
	 龍・73									

徒	 里 6.7	 里 8.9	 里 8.142	 里 8.628	 里 8.664	 里 8.12 99	 里 8.285	 里 8.481	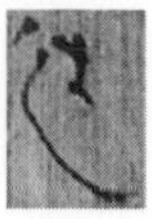 里 8.10 82	71
	 嶽三・ 猩 53	 嶽三・ 善 208	 嶽四・ 律壹 30	 嶽五・ 律貳 28						
	 睡・秦 種 117	 睡・秦 雜 26	 睡・為 28							
	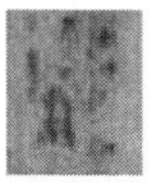 放・志 1									
	 周・351									
逆	 里 8.737 背	 里 9.8	 里 9.20 09	 里 9.20 49						72
	 睡・秦 雜 38	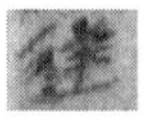 睡・日甲 116 背								
送	 嶽四・律 壹 248	 嶽五・ 律貳 45								73
	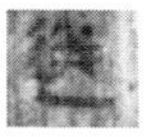 里 9.23 46									

	睡・秦雜 38	睡・日甲 59	睡・日甲 90							
逃	放・日甲 14	放・日甲 18	放・日乙 15							74
追	里 8.75	里 8.759	里 8.1001	里 8.1123	里 8.656	里 9.1 背	里 9.5	里 9.7 背	里 9.10 背	74
	里 9.275	里 9.512	里 9.572							
	嶽一・為吏 75	嶽三・癸 18	嶽三・癸 26	嶽三・綰 241	嶽四・律壹 223	嶽五・律貳 288				
	睡・秦種 6	睡・秦種 185	睡・法 66	睡・為 31						
	龍・18	龍・19								
	周・187	周・191	周・229	周・235	周・239					
徑	里 8.56	里 8.426	里 8.474	里 8.1239	里 9.440					76
	嶽二・數 184	嶽二・數 214	嶽五・律貳 217							

退	 嶽一・為吏 20	 嶽三・學 230								77
徐	 嶽一・為吏 32	 嶽五・律貳 288								77
	 睡・日甲 97 背	 睡・日甲 102								
	 里 9.6									
	 放・日乙 262									
訊	 里 6.14	 里 8.141	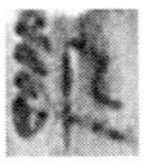 里 8.2064	 里 8.294	 里 8.918	 里 8.1298	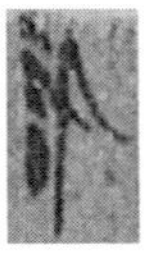 里 8.246			92
	 嶽三・多 90	 嶽三・同 143	 嶽三・田 202	 嶽四・律壹 10						
	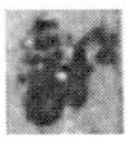 睡・封 5	 睡・封 38								
訏	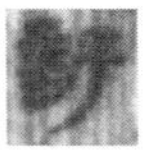 睡・語 12									100

鬲	 放・日乙295									112
俱	 里8.898									105
叟	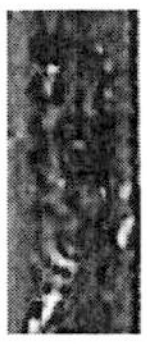 嶽一・占夢12									116
	 睡・為21									
書	 里8.122	 里8.661	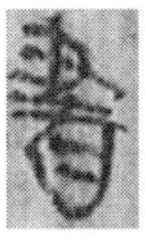 里8.141	 里8.508	 里8.1734	 里8.2284	 里9.15	 里9.2294		118
	 嶽三・得178	 嶽三・學215	 嶽三・學234	 嶽四・律壹205	 嶽四・律壹221	 嶽五・律貳41				
	 睡・語10	 睡・秦種35	 睡・秦種102	 睡・秦雜18	 睡・封45					
	 龍・10A									
	 周・364									

效	 里9.323	 里9.505	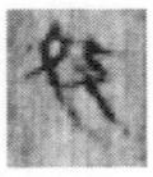 里9.1887							124
政	 睡・為41									124
窅	 里8.925	 里8.2101	 里8.2270							132
眚	 里8.145	 里9.2289								135
羔	 龍・102									147
烏	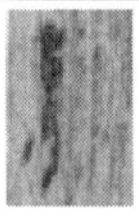 放・日乙296									158
	 周・324									
	 睡・日乙206	 睡・日乙216	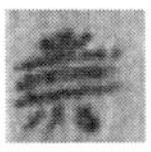 睡・日甲72	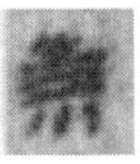 睡・日甲76						
菁	 嶽一・占夢38									160

殊	 里 8.1028									163
骨	 里 8.100.1	 里 8.780	 里 8.1146	 里 9.18	 里 9.516					166
	 睡・法 75	 睡・日甲 112 背	 睡・日甲 137 背							
脅	 放・日乙 233									171
脂	 睡・秦種 128	 睡・秦種 130								177
	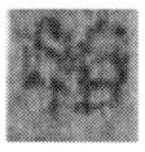 放・日乙 295									
	 周・324	 周・332								
剛	 嶽一・為吏 50									181
	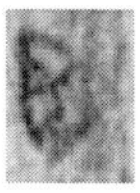 里 9.2289									
	 睡・為 35	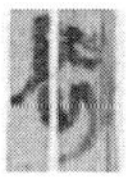 睡・日甲 8 背	 睡・日甲 88 背	 睡・日乙 126						

剝	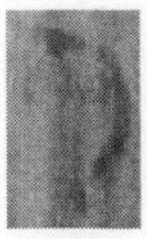 放・日乙254									182
	 周・317									
釗	 里8.1435									183
耕	 嶽四・律壹368									186
差	 里 9.21背									202
矩	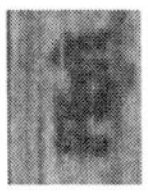 放・日乙198									203
迺	 里8.140	 里8.2161	 里9.982	 里9.1097	 里9.1888					205
	 睡・封17	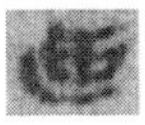 睡・封81								
哥	 睡・日甲40									206

豈	 睡・為 10									208
盇	 嶽一・ 為吏 83									216
	 睡・日 乙 11									
	 放・日 乙 344									
射	 嶽一・ 34 質 64	 嶽三・ 綰 243								228
	 里 9.72									
	 睡・秦 雜 2	 睡・秦 雜 34	 睡・日 甲 94 背							
	 放・日 乙 229	 放・日 乙 204	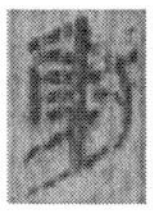 放・日 乙 208	 放・日 乙 236						
	 龍・31	 龍・85	 龍・91	 龍・156						
	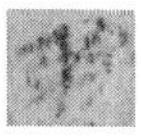 山・1									

益	 里 6.7	 里 8.151	 里 8.1499	 里 8.1692	 里 9.588	 里 9.874				214
	 嶽二・數 9	 嶽二・數 11	 嶽二・數 214	 嶽三・芮 76	 嶽三・芮 78	 嶽五・律貳 20				
	 睡・秦種 57	 睡・秦種 122	 睡・秦雜 15	 睡・法 25	 睡・日甲 108 背	 睡・日乙 15				
	 放・日乙 242	 放・日乙 323								
	 周・310									
盎	 睡・封 88	 睡・日甲 109 背								214
飤	 里 8.1042									222
飢	 睡・為 31									225
	 放・日乙 156	 放・日乙 161								

倉	里 5.1	里 8.144	里 8.190	里 8.516	里 8.688	里 8.968	里 8.10 12	里 8.12 01		226
	嶽二・ 數 153	嶽二・ 數 177								
	睡・秦 種 36	睡・秦 種 37	睡・秦 種 46	睡・秦 種 171	睡・效 27	睡・效 30	睡・法 152	睡・日 甲 115		
	放・日 乙 2	放・日 乙 103								
缺	里 8.157	里 8.11 18	里 8.11 37	里 9.633	里 9.14 54					228
	嶽四・律 壹 220									
高	里 8.341	里 8.10 79	里 8.12 22	里 8.20 06	里 9.20 09					230
	嶽二・ 數 16	嶽二・ 數 24	嶽二・ 數 193	嶽三・ 綰 242	嶽五・律 貳 109					
	睡・秦 種 51	睡・秦 種 52	睡・秦 種 195	睡・法 6	睡・為 22	睡・日 甲 121	睡・日甲 146 背	睡・日 乙 157	睡・日 乙 168	

	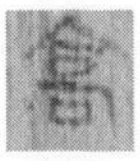 青 · 16									
	 周 · 335	 周 · 345								
亳	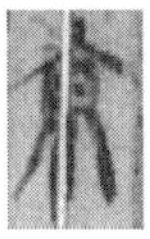 睡 · 日甲18背									230
夏	 嶽一 · 為吏60	 嶽一 · 占夢14	 嶽四 · 律壹370							235
	 里9.328	 里9.768	 里9.1256							
	 睡 · 秦種4	 睡 · 秦種90	 睡 · 法177	 睡 · 日甲33背	 睡 · 日甲136	 睡 · 日乙110	 睡 · 日乙207			
致	 里8.155	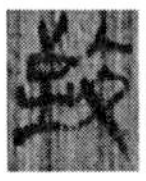 里8.884	 里8.1564							235
	 嶽三 · 癸3	 嶽四 · 律壹330	 嶽五 · 律貳17	 嶽五 · 律貳48	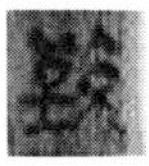 嶽五 · 律貳223					
	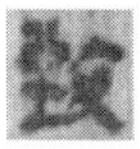 睡 · 語7	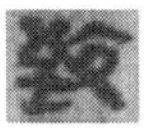 睡 · 秦種93	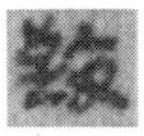 睡 · 秦雜35	 睡 · 法93	 睡 · 為31	 睡 · 日乙135	 睡 · 秦種11	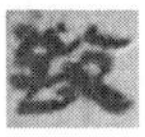 睡 · 秦種46		

	 龍·8									
桀	 睡·日 甲 93	 睡·日 乙 93								240
乘	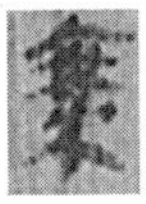 里 8.175	 里 8.461								240
	 嶽二· 數 33	 嶽二· 數 64	 嶽二· 數 187	 嶽三· 猩 47	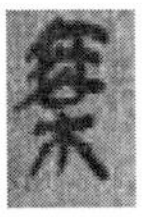 嶽五·律 貳 126					
	 睡·秦 種 18	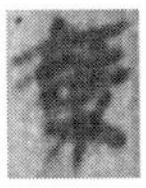 睡·秦 雜 29	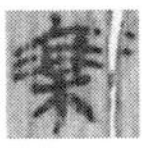 睡·為 23	 睡·日 乙 25	 睡·日 乙 68					
	 放·日 乙 104									
	 龍·54	 龍·59								
	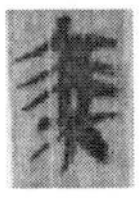 周·187	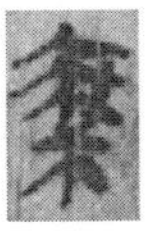 周·189	 周·201							
桂	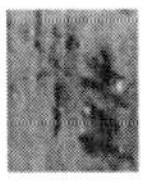 里 8.12 21									242

	 睡·日甲 100背									
桃	 嶽一· 占夢31									242
	 睡·日甲 114背	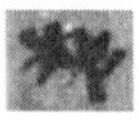 睡·日甲 131背	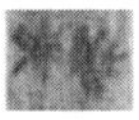 睡·日甲 140背							
	 周·313									
栩	 放·日 乙181	 放·日 乙237								245
桔	 睡·日 乙104									246
桐	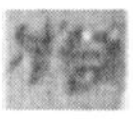 睡·日甲 115背									249
根	 嶽五·律 貳166									251
	 睡·為6									
格	 里8.455									254
栽	 睡·秦 種125									255

桓	 里 8.10									260
案	 里 8.155	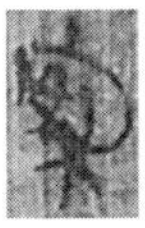 里 8.648	 里 8.1052	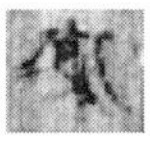 里 9.1887	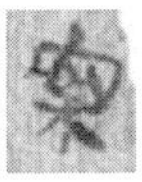 里 9.3386					263
	 嶽一·為吏 71	 嶽四·律壹 112	 嶽四·律壹 137	 嶽五·律貳 48	 嶽五·律貳 67					
	 睡·語 7									
校	 里 8.64	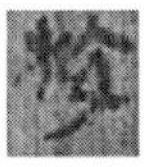 里 8.164	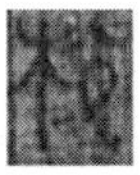 里 8.472	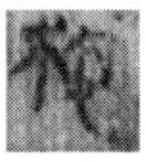 里 8.1997	 里 8.2334	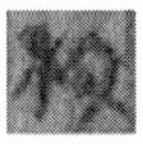 里 8.537	 里 9.1	 里 9.10		270
	 嶽三·癸 1	 嶽四·律壹 231								
	 睡·效 56	 睡·法 179								
桎	 嶽五·律貳 17	 嶽五·律貳 223								272
	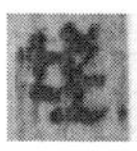 周·371									
桑	 里 8.140	 里 9.15								275

	 睡·法 7	 睡·日甲 135 背	 睡·日乙 67							
	 放·日乙 271	 放·日乙 305								
師	 睡·秦種 111	 睡·秦雜 18								275
索	 嶽一·為吏 49									276
	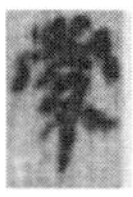 睡·秦種 22	 睡·封 69	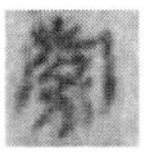 睡·日甲 72							
	 龍·140									
員	 里 8.1136	 里 8.2027 背	 里 9.3367							281
	 嶽一·為吏 69	 嶽四·律壹 361								
	 睡·為 29									

	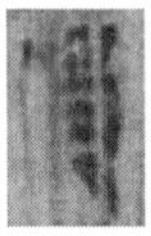 放・日乙 339									
圂	 里 8.78	 里 8.145 背	 里 8.904	 里 9.484 背						281
	 睡・日乙 188									
	 嶽一・為吏 23									
	 放・日乙 77									
圄	 里 9.2290									281
財	 嶽一・為吏 59	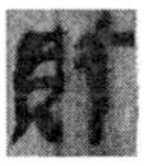 嶽四・律壹 69	 嶽四・律壹 169	 嶽五・律貳 3	 嶽五・律貳 39	 嶽五・律貳 246				282
	 里 9.2184									
	 放・日乙 11	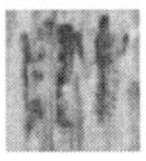 放・日乙 22	 放・日乙 102	 放・日乙 296						
	 龍・26	 龍・178A								

	 周・219									
貢	 里 9.2758									282
貣	 里8.761	 里 8.1505								283
	 嶽一・為吏 32	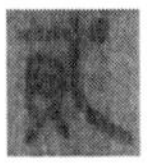 嶽三・學 226	 嶽四・律壹 174	 嶽五・律貳 39	 嶽五・律貳 40					
	 睡・秦種 142	 睡・法 32	 睡・法 206							
郡	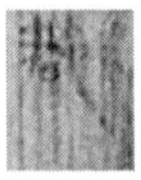 里8.215背	 里8.461	 里8.469	 里8.997						285
	 嶽三・癸 13	 嶽三・尸 40	 嶽四・律壹 221	 嶽五・律貳 49	 嶽五・律貳 53					
	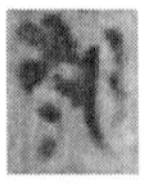 睡・葉 26	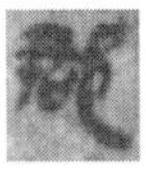 睡・秦種 157	 睡・法 95	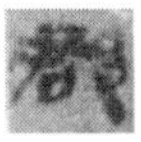 睡・法 144	 睡・日甲 3					
	 龍・214									

郤	 里8.157 背									291
郢	 里9.21 70									295
	 睡・日 甲85背	 睡・日 甲98背								
郣	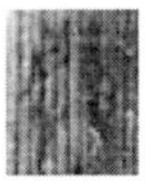 里9.16 19									301
晏	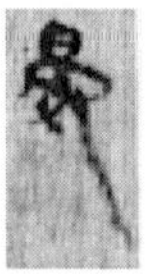 里9.567									307
	 睡・日 甲160	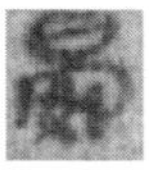 睡・日 甲161								
郙	 里9.22 56									303
時	 里8.24	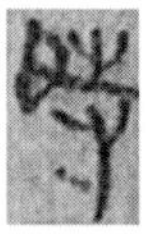 里8.520	 里8.768	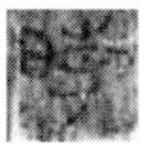 里8.24 11						305
	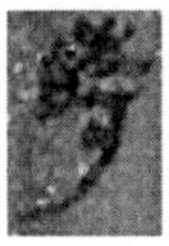 嶽一・ 為吏38	 嶽一・ 占夢1	 嶽三・ 芮67	 嶽三・ 多91	 嶽三・ 綰242	 嶽四・律 壹221	 嶽五・律 貳196			

	 睡・秦種 5	 睡・法 106	 睡・封 52	 睡・封 92	 睡・為 13	 睡・日甲 63 背	 睡・日乙 233			
	 青・16									
	 放・日乙 198	 放・日乙 243	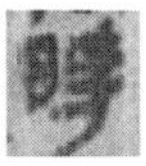 放・日乙 355							
	 龍・118	 龍・123	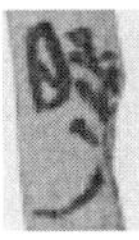 龍・214							
	 周・243	 周・354	 周・367							
晉	 嶽三・魏166									306
	 周・372									
旌	 睡・為 26									314
	 放・日乙 211									
冥	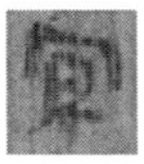 放・日乙 272									315

旅	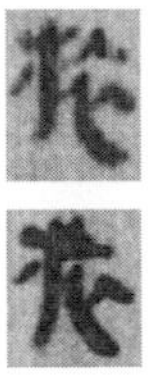 睡・效41	 睡・法200								315
	 里9.172	 里9.1887								
	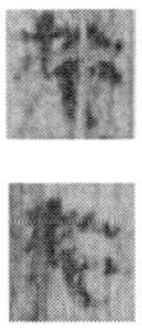 放・日乙242									
	 周・190	 周・192								
朔	 里8.66	 里8.141	 里8.110	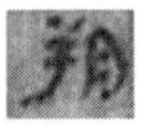 里8.71						316
	 嶽三・尸40	 嶽四・律壹111								
	 睡・語1	 睡・秦種46	 睡・為22							
	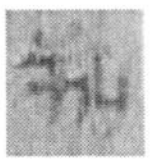 青・16									
	 周・132	 周・263								

栗	 里8.454									320
秫	 里8.200									325
	 放・日乙164									
	 睡・日甲18									
秩	 里8.2106	 里9.2679								328
	 嶽四・律壹210	 嶽四・律壹334								
	 睡・秦種31	 睡・秦種46	 睡・法139							
租	 嶽一・占夢42	 嶽二・數20	 嶽二・數27	 嶽二・數41						329
	 龍・125	 龍・129	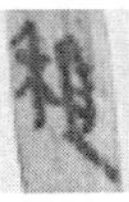 龍・172							
	 里8.488	 里8.1180	 里9.571	 里9.128						

	 嶽四·律壹 174									
	 睡 · 法 157									
	 放 · 日乙 296									
秦	 里 8.63 背	 里 8.67	 里 8.461							330
	 嶽三 · 癸 9	 嶽三 · 戶 40	 嶽三 · 戶 42	 嶽三 · 戶 36	 嶽三 · 學 225					
	 睡 · 秦雜 5	 睡 · 法 178	 睡 · 法 203							
秭	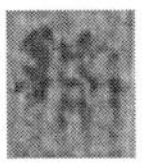 放 · 日乙 295									331
	 里 9.33 背									
兼	 里 8.63									332
	 嶽四·律壹 351									

	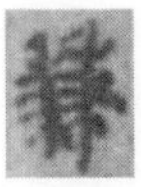 睡·秦種 137									
粉	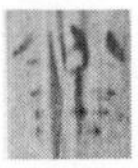 周·320									336
氣	 里 8.140	 里 8.157 背	 里 8.1363	 里 8.1559 背	 里 9.699 背	 里 9.2251				336
	 嶽一·占夢 16									
	 睡·秦種 22	 睡·秦種 169	 睡·效 29	 睡·法 207	 睡·日甲 132 背					
	 放·日甲 24									
	 周·312									
卿	 嶽二·數 134	 嶽四·律壹 44								436
	 睡·日乙 248									

冢	 嶽三・猩 53	 嶽三・猩 54								438
	 睡・法 190									
	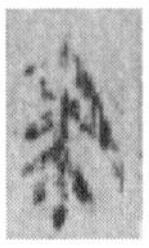 龍・121	 龍・124								
	 周・302									
傷	 睡・法 202	 睡・為 29	 睡・日甲 131	 睡・日乙 230						340
家	 里 8.656	 里 8.1730	 里 9.4	 里 9.5						341
	 嶽一・為吏 39	 嶽一・為吏 60	 嶽一・占夢 33	 嶽四・律壹 44						
	 睡・法 106	 睡・封 43	 睡・為 23	 睡・日甲 28 背	 睡・日甲 159 背	 睡・日乙 24	 睡・日乙 118			
	 放・日乙 24	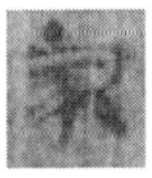 放・日乙 242								

	 周・193	 周・229								
院	 嶽一・為吏 1									342
	 睡・院 186									
宰	 里 9.913									343
宭	 嶽五・律貳 336									343
容	 里 8.547	 里 8.1958	 里 8.2152	 里 9.2552						343
	 嶽二・數 177	 嶽二・數 178								
	 睡・封 20									
	 放・日乙 280									
宵	 里 8.100.1	 里 9.2289								344

	 睡・封 73	 睡・封 85								
害	 里 5.19	 里 8.209	 里 9.2276							345
	 嶽一・為吏 15	 嶽一・為吏 86	 嶽三・同 148	 嶽五・律貳 322						
	 睡・語 1	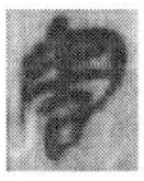 睡・秦種 161	 睡・法 179	 睡・日甲 9	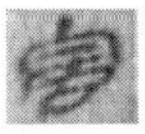 睡・日甲 101	 睡・日乙 137				
	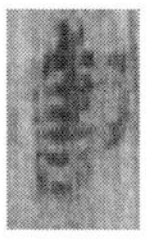 放・日乙 109									
	 龍・103									
	 周・207									
宮	 里 8.461									346
	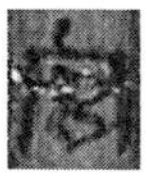 嶽一・占夢 11	 嶽五・律貳 319								
	 睡・秦種 17	 睡・法 113								

	 放・日甲 15	 放・日乙 176	 放・日乙 101	 放・日乙108A+107						
窋	 里 8.407									348
窌	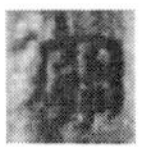 放・日甲 34	 放・日乙 253								349
窑	 睡・日甲142 背									349
窆	 里 9.2131									350
病	 里 8.72背	 里 8.143	 里 8.1363	 里 8.1956	 里 8.630	 里 8.1221	 里 9.645			351
	 嶽一・34質 17	 嶽一・為吏 75	 嶽四・律壹 186	 嶽五・律貳 276						
	 睡・語11	 睡・秦種 55	 睡・法68	 睡・封38	 睡・封85	 睡・為44	 睡・日甲 68	 睡・日甲 72	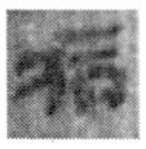 睡・日甲 83 背	
	 放・日乙 242									
	 周・187	 周・191	 周・193	 周・207	 周・313					

	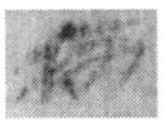 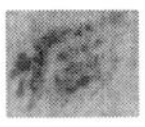 山・2									
疾	 里 8.1786	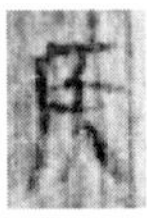 里 9.19 背	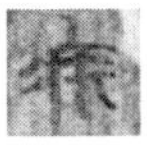 里 9.20	 里 9.300						351
	 嶽三・猩 47	 嶽三・猩 48	 嶽四・律壹 186							
	 睡・語 10	 睡・秦種 17	 睡・為 8	 睡・日甲 76	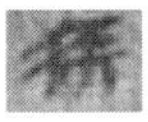 睡・日甲 145	 睡・日乙 17				
	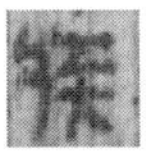 放・日乙 15	 放・日乙 96	 放・日乙 113	 放・日甲 14	 放・日甲 15					
	 龍・119									
	 周・298	 周・336	 周・337							
疻	 睡・法 87									354
冣	 里 8.627	 里 8.815	 里 8.1221							356
帶	 里 8.1281	 里 8.1677								361

帬	 里8.158									361
	 嶽三·魏 152	 嶽三·魏 162								
	 睡·封68									
豹	 嶽一·占夢38									462
	 里9.1453									
	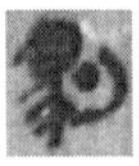 睡·秦雜26	 睡·日甲96背								
	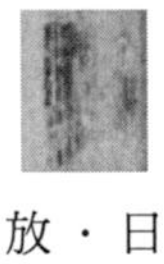 放·日乙231									
席	 里8.145	 里8.913	 里8.1346	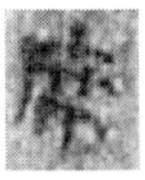 里9.14						364
	 嶽一·占夢19	 嶽四·律壹109								

	 睡・秦雜 4	 睡・日甲 126 背	 睡・日乙 145							
	 放・日乙 246									
	 周・335	 周・348								
倩	 嶽一・為吏 48									371
倨	 睡・為 38									373
	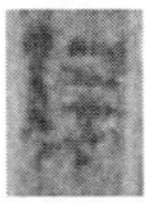 放・日乙 224									
俱	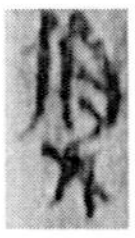 里 8.1751	 里 8.1974	 里 8.2093							376
倚	 里 8.1872	 里 9.2051								376
倍	 嶽二・數 84	 嶽二・數 97	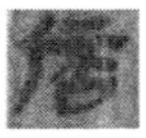 嶽三・得 178	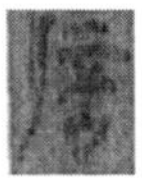 嶽三・學 217						382
	 放・日乙 175									

	 周・263	 周・264								
真	 里 8.190	 里 8.208	 里 8.648							388
	 嶽五・律貳 260									
	 睡・法 49	 睡・為 3								
衽	 睡・日甲 99 背									394
袍	 里 8.439									395
	 嶽三・ 譊159									
袪	 里 8.677									396
袑	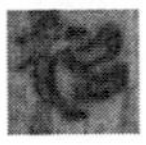 嶽三・田 191									397
被	 嶽一・占夢 34	 嶽三・學 228	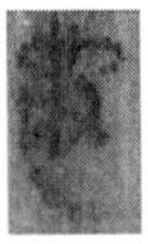 嶽三・學 231							398

袁	 里8.668背									398
衷	 里8.228	 里9.4	 里9.1408							399
	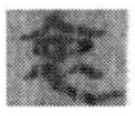 嶽三·魏169									
耆	 里8.1531									402
	 睡·秦種136	 睡·日甲9背	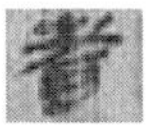 睡·日甲142	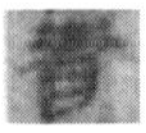 睡·日甲143						
衰	 里8.135									403
	 嶽二·數122									
	 睡·為33									
展	 里8.869	 里8.1563	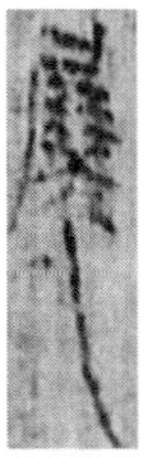 里8.1564	 里8.2037						404

	 嶽四·律壹293									
	 睡·封2									
㕓	 放·日甲35	 放·日甲39	 放·日乙71							404
般	 里8.405	 里8.679	 里8.923	 里8.1211	 里9.1127					408
	 嶽二·數117									
庫	 里8.173	 里8.1586	 里9.87	 里9.1335						408
	 嶽一·為吏82	 嶽四·律壹169								
	 睡·效52	 睡·秦雜15								

欸	 里 8.533	 里 8.15 84	 里 9.7	 里 9.495						417
修	 睡·為 5									429
弱	 嶽一· 占夢 31									429
	 里 9.932									
	 睡·秦 種 136	 睡·秦 種 184	 睡·為 3							
	 周·315									
鬼	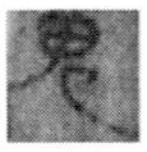 里 8.683	 里 8.805	 里 9.327	 里 9.491						439
	 嶽三· 綰 244	 嶽四·律 壹 358	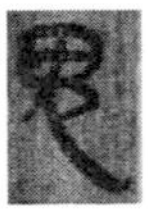 嶽五· 律貳 27	 嶽五· 律貳 73						
	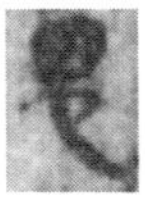 睡·秦 種 134	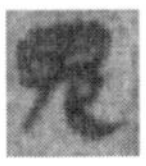 睡·秦 雜 5	 睡·法 110	 睡·法 112	 睡·為 38	 睡·日 甲 74	 睡·日 甲 145	 睡·日 乙 89		
	 放·日 乙 8	 放·日 乙 350	 放·志 5							

	 周・153									
祙	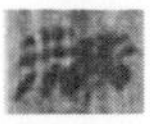 睡・日甲140背									440
庭	 里 5.34	 里 6.2	 里 8.12	 里 8.188	 里 8.947	 里 8.1594	 里 9.8 背	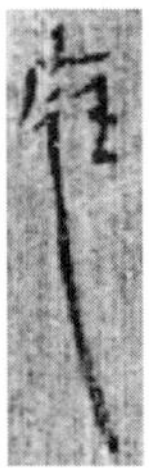 里 9.332		448
	 嶽五・律貳 16	 嶽五・律貳 56								
	 周・365									
庶	 嶽三・猩 45									450
破	 嶽四・律壹 332									456
豺	 龍・34A	 龍・32								462
	 睡・日甲 90 背									

	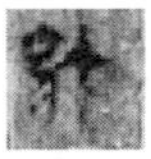 里 9.1005									
豻	 睡・日甲 96 背									462
馬	 里 8.135	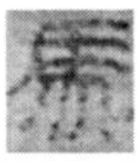 里 8.461	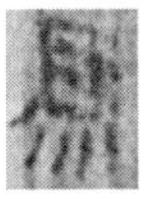 里 8.1455	 里 9.6 背						465
	 嶽一・占夢 46	 嶽二・數 82	 嶽二・數 122	 嶽三・尸 31	 嶽三・芮 68	 嶽四・律壹 49	 嶽四・律壹 205	 嶽四・律壹 313	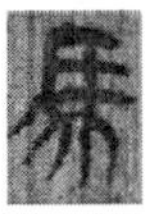 嶽五・律貳 35	
	 睡・秦種 11	 睡・秦種 17	 睡・秦種 18	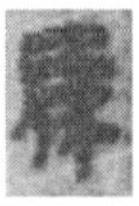 睡・秦種 117	 睡・效 57	 睡・效 60	 睡・秦雜 29	 睡・日甲 10 背		
	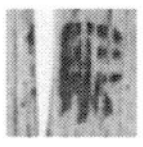 放・日甲 36	 放・日乙 22	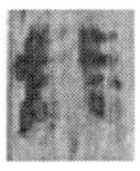 放・日乙 101							
	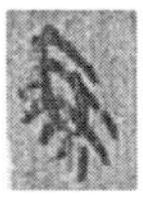 龍・58	 龍・59	 龍・62	 龍・103	 龍・111					
	 周・345									
	 山・1									
冤	 嶽五・律貳 53									477

臭	 里 8.13 63									480
	 睡・日甲 82									
狼	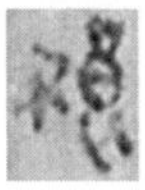  里 8.135	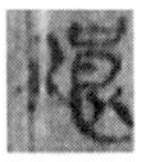 里 8.21 29	 里 9.762							482
	 睡・日甲 134 背									
	 龍・34A	 龍・32								
能	 里 8.232	 里 8.630	 里 8.656							484
	 嶽一・為吏 2	 嶽一・為吏 85	 嶽三・癸 15	 嶽三・芮 66	 嶽五・律貳 6					
	 睡・語 9	 睡・秦種 50	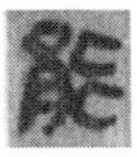 睡・效 44	 睡・秦雜 3	 睡・為 46					
	 龍・103	 龍・119								

皋	 里8.144	 里8.2030								502
	 睡・日甲56背	 睡・日乙106								
	 放・日乙284									
奘	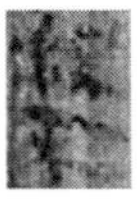 里8.43									503
竘	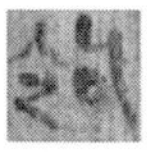 里8.1256									505
息	 里8.290									506
	 嶽二・數143	 嶽四・律壹340	 嶽五・律貳40	 嶽五・律貳230						
	 睡・秦種63	 睡・為27								
	 放・日甲31	 放・日乙67	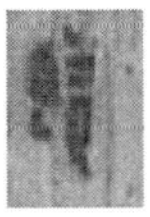 放・日乙357							

悍	 里 8.78									514
	 嶽四·律壹 232									
	 睡・法 79	 睡・封 38	 睡・日乙 100							
悝	 嶽三・猩 55									514
悔	 嶽一・為吏 36	 嶽一・為吏 56	 嶽三・尸 38	 嶽三・芮 75						516
	 睡・為 41									
恙	 里 8.823	 里 8.2088	 里 9.563	 里 9.3172						517
	 睡・語 11	 睡·日甲 107 背	 睡·日甲 108 背	 睡・日甲 118	 睡・日乙 249					
恐	 里 6.28	 里 9.409	 里 9.3284							519

	 嶽一・為吏 42	 嶽三・芮 75	 嶽五・律貳 74	 嶽五・律貳 336						
	 睡・法 51	 睡・封 1	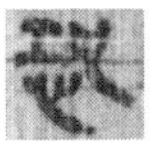 睡・為 2	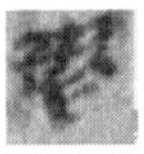 睡・日甲 29						
	 放・日乙 281	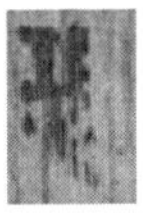 放・日乙 338	 放・日乙 335							
涂	 睡・為 33									525
	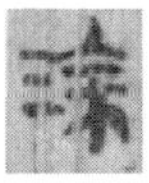 周・352	 周・372								
涓	 里 8.141	 里 8.682	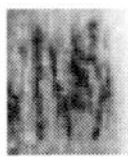 里 9.244	 里 9.794						551
涌	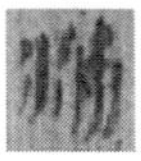 周・51	 周・53	 周・54							554
浮	 里 8.550									554
	 睡・日甲 86 背									
渠	 里 8.128	 里 8.1123								559

泥	 周·374									563
消	 里 9.15 69									564
浚	 嶽一· 為吏 77									566
浴	 嶽一· 為吏 64	 嶽五·律 貳 221								569
	 睡·為 40	 睡·日 甲 104								
	 周·368	 周·369								
泰	 里 6.12	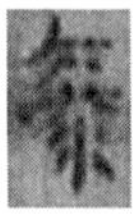 里 8.197	 里 8.520	 里 8.672	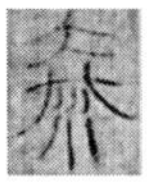 里 8.772	 里 8.14 38 背	 里 9.22 93	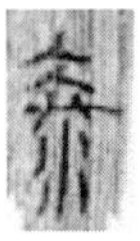 里 9.33 57		570
	 嶽四· 律壹 30	 嶽四· 律壹 49	 嶽五· 律貳 73							
	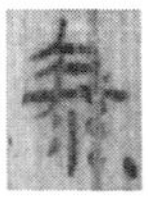 周·335	 周·347	 周·349							

涉	 嶽五・律貳 56									573
原	 里 8.92									575
	 睡・法 196	 睡・為 28								
	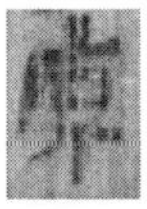 放・日乙 267	 放・日乙 276								
凌	 嶽五・律貳 56									576
扇	 里 8.1386									592
	 睡・法 150									
拳	 睡・法 90									600
挾	 里 8.1721									603
	 嶽四・律壹 177	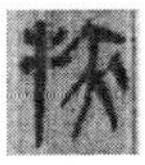 嶽五・律貳 21								

	 龍・17	 龍・273								
捋	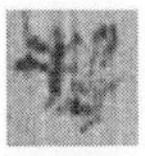 青・16									605
捕	 里 8.142	 里 8.652	 里 8.673	 里 8.10 08	 里 8.13 77	 里 8.24 67	 里 9.11 34	 里 9.12 69		615
	 嶽一・ 為吏 9	 嶽三・ 癸 15	 嶽三・ 尸 37	 嶽四・ 律壹 55	 嶽五・ 律貳 20	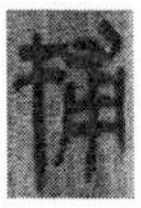 嶽五・ 律貳 36	 嶽五・ 律貳 42			
	 睡・秦 種 6	 睡・秦 雜 38	 睡・法 140							
	 龍・74	 龍・76								
捐	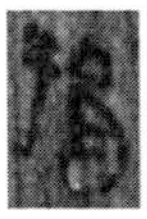 里 8.23 85									616
脊	 睡・法 75	 睡・日 甲 87 背								617
姚	 睡・為 43									618
娠	 里 9.28 80									620

婬	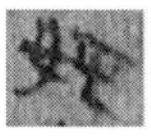 里8.781	 里8.1328	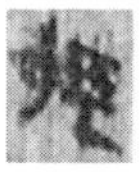 里8.2246	 里9.41	 里9.174	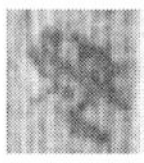 里9.1117				624
婓	 里8.1328									628
畚	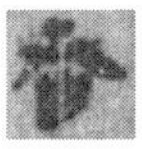 睡·秦種64									643
孫	 里8.534	 里8.2101	 里9.1623	 里9.1848背						648
	 嶽三·芮83									
	 睡·法185	 睡·為21								
	 放·日乙101	 放·日乙108A+107								
紡	 嶽一·為吏71									652
	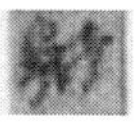 睡·日甲65	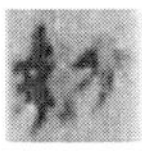 睡·日甲112								
級	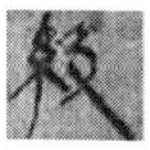 里8.702背	 里8.868	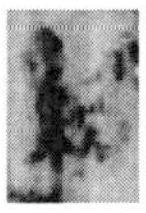 里9.2804							653

	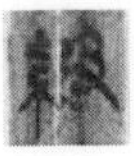 嶽五·律貳174									
	 睡·為7									
紙	 睡·日甲106背									666
素	 里8.4									669
蚤	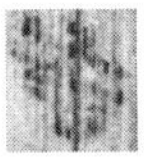 睡·封82	 睡·日甲129	 睡·日乙135							681
	 里9.2183									
	 放·日乙59	 放·日乙286								
	 周·378									
畝	 里8.455	 里8.1519背	 里9.485	 里9.570	 里9.1247					702
	 嶽二·數11	 嶽二·數62								

	 睡・秦種 38									
畛	 青・16									703
畔	 嶽一・為吏 81									703
	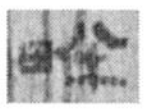 青・16									
	 龍・154									
畜	 里 8.137	 里 8.209	 里 8.1087	 里 9.480	 里 9.941	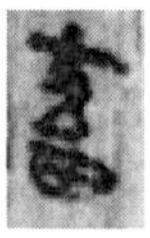 里 9.1267				704
	 嶽一・為吏 19	 嶽五・律貳 40								
	 睡・為 35	 睡・秦種 63	 睡・秦種 77	 睡・法 108	 睡・日甲 85	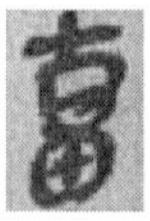 睡・日乙 53	 睡・日乙 60	 睡・日乙 118		
	 放・日乙 14	 放・日乙 22	 放・日甲 13	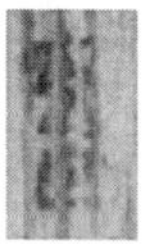 放・日甲 21						

	 周·352									
	 山·2									
留	 里8.236	 里8.657	 里8.669	 里9.275	 里9.500	 里9.844	 里9.1750			704
	 嶽一·35質24	 嶽一·為吏67	 嶽四·律壹149	 嶽五·律貳34						
	 睡·為39									
	 周·233									
劾	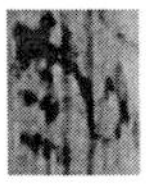 里8.1284									706
料	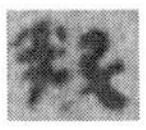 睡·秦種194	 睡·效11								725
	 嶽四·律壹171									
矜	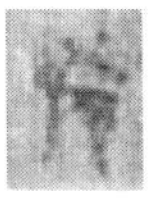 里9.394	 里9.724	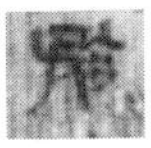 里9.2434	 里9.285						726

陝	里 9.20 31	里 9.588								739
陘	里 9.470									741
	睡・日 甲 95 背									
陛	嶽四・律 壹 188									743
	睡・為 10									
除	里 6.5	里 8.145	里 8.157	里 8.210	里 8.20 14	里 8.21 06	里 9.22 背	里 9.15 04	里 9.20 15	743
	嶽一・ 為吏 86	嶽二・ 數 63	嶽二・ 數 122	嶽三・ 多 94	嶽三・ 田 198	嶽三・ 善 208	嶽四・律 壹 221	嶽五・ 律貳 24	嶽五・ 律貳 47	
	睡・秦 種 13	睡・秦 種 115	睡・秦 種 150	睡・秦 種 159	睡・效 43	睡・效 58	睡・秦 雜 37	睡・日 甲 5	睡・日 乙 115	
	青・16									
	放・日 甲 2	放・日 甲 3	放・日 甲 14	放・日 乙 3	放・日 乙 5	放・日 乙 15	放・日 乙 350			

	 龍・146	 龍・251								
	 周・49	 周・348								
辱	 嶽一・占夢 12	 嶽四・律壹 242								752
	 睡・語 11	 睡・日甲 59	 睡・日乙 60	 睡・日乙 197						
	 放・日乙 278									
酒	 里 8.907	 里 8.1221	 里 9.476 背	 里 9.2296						754
	 睡・日甲 10 背	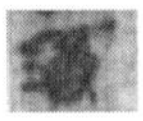 睡・日甲 143								
	 嶽一・占夢 40	 嶽四・律壹 280	 嶽五・律貳 39	 嶽五・律貳 242						
	 周・311	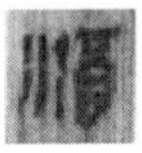 周・313	 周・323							
逌	 里 8.149									

⿱角廾	 里 6.1 背	 里 9.14 21								
⿱古皿	 里 8.15 83	 里 8.18 39								
楫	 里 8.15 62									
䜣	 里 8.24 88									
莿	 里 8.19 13									
曺	 里 8.14 81 背									
陒	 里 8.12 75									
帮	 里 8.10 41									
釔	 里 8.10 18									
⿰杀阝	 里 8.13 17									

⿱叀廾	 里 8.537									
⿰𠃊隹	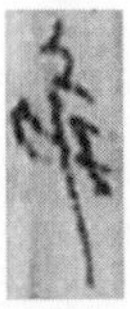 里 8.78 背									
郣	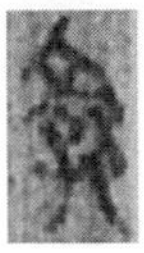 里 8.761									
唐	 里 8.713 背									
臬	 里 8.707									
⿰女舌	 里 8.623									
釵	 里 8.566									
卷	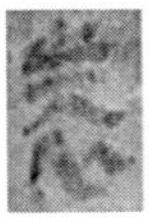 里 8.532									
桉	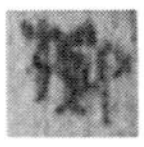 里 8.412	 里 8.1564								

晇	 里 8.13 27	 里 9.18								
㖸	 里 8.13 80									
窓	 睡・日 乙 2									
敉	 睡・日 甲 10 背									
痓	 睡・日 甲 86									
狸	 睡・日 乙 61									
虒	 睡・日 甲 157	 睡・日 甲 159								
畚	 睡・日 甲 28 背	 睡・日 甲 30 背								
巸	 里 9.712	 里 9.15 04								
宣	 里 9.17 65									

娐	 里 9.10 95									
胻	 睡・日甲 92 背									
焳	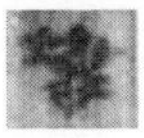 睡・日甲 125									
烕	 睡・日甲 21 背									
宲	 睡・日甲 123 背									
攸	 嶽三・猩 61									
秙	 嶽三・綰 240									
	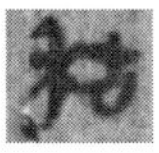 睡・秦種 35									
紤	 睡・秦種 5	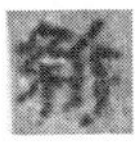 睡・秦種 140	 睡・秦種 195							
紋	 睡・秦種 126									

時	 里 8.12 43									
候	 嶽四·律壹 169	 嶽五·律貳 212								
	 睡·法 203	 睡·法 179	 睡·法 180							
䏼	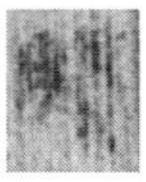 睡·封 36									
栐	 睡·封 66									
傳	 嶽四·律壹 147	 嶽五·律貳 149								
肵	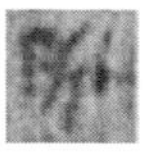 放·日乙 221	 放·日乙 343								
泖	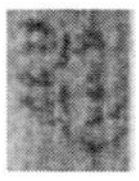 放·日乙 268									
亲	 放·日乙 350									
唇	 放·日乙 216									

㱠	 龍・90									
郘	 龍・120									
菾	 龍・153A									
迸	 龍・160									
捊	 里 9.757									
柭	 里 9.1583	 里 9.2287								
叓	 嶽五・律貳 203									
	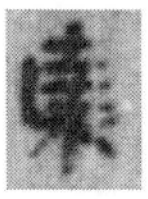 睡・日甲 159 背									
桊	 里 9.75									